U0105963

他飞奔在路上，但是无处可去。

艾成歌 著

南海出版公司

2005 · 海口

图书在版编目（CIP）数据

四城/艾成歌著.—海口：南海出版公司，2005.10
（饕餮80后）
ISBN 7-5442-3213-1

Ⅰ.四... Ⅱ.艾... Ⅲ.长篇小说—中国—当代
Ⅳ.I247.5

中国版本图书馆 CIP 数据核字（2005）第 103765 号

SI CHENG
四城

著　　者	艾成歌
责任编辑	张筱茶
特约编辑	刘婷婷
插图绘制	艾成歌
装帧设计	艾成歌
出版发行	南海出版公司　电话：（0898）65350227
社　　址	海口市蓝天路友利园大厦 B 座 3 楼　邮编：570203
电子信箱	nhcbgs@0898.net
经　　销	新华书店
排　　版	北京百通图文公司
印　　刷	北京通州京华印刷制版厂
开　　本	880×1230　1/32
印　　张	7.625
字　　数	123 千
版　　次	2005 年 10 月第 1 版　2005 年 10 月第 1 次印刷
印　　数	1～8000 册
书　　号	ISBN 7－5442－3213－1
定　　价	19.50 元

南海版图书　版权所有　盗版必究

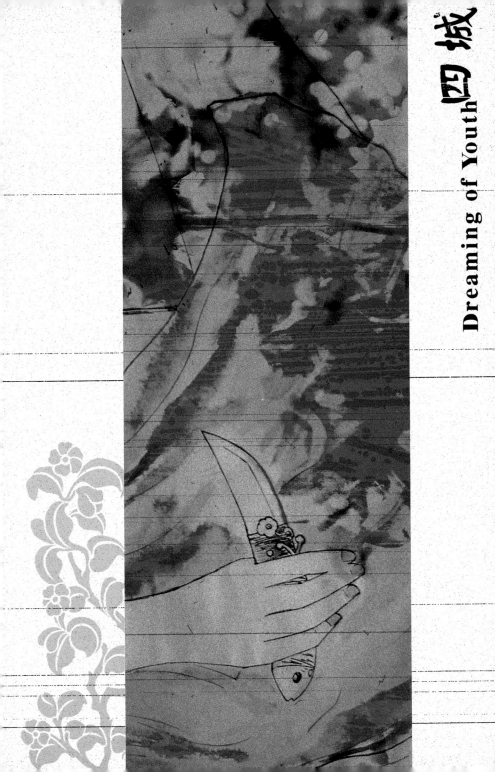

Dreaming of Youth 四城

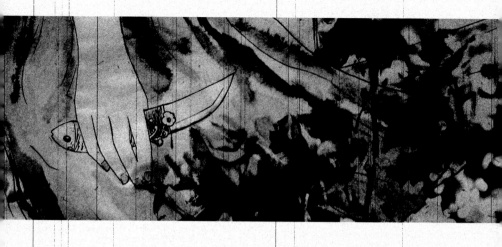

■眼睛里的光灭了 脚步也停了 我捏着一朵花 揉乱你漆黑的头发 你不说话 我忽然想起了他

Dreaming of Youth 四城

■街道突然敞开 铺开红地毯 你脚步缓慢如时光流转 你飞奔起来成一朵云彩 你的发角眉间 我的侧脸 映照我桃花一样的童年

■云朵往后退的时候　我站在你的身后　你弯起眼睛　像一条河流　宁静宇宙　河水不再流动

Dreaming of Youth 羽城四

■说再见的舞会只能有这么一场　你的脸还是年轻到苍茫　我忧郁的你不再慌张　你变成堵住我的墙　迷乱了我的光

围城

Dreaming of Youth

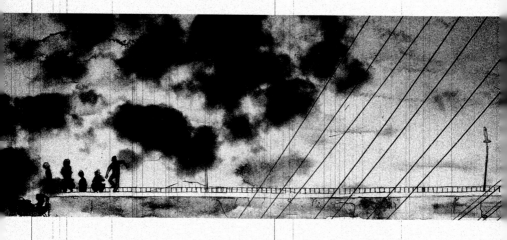

■天台上还留着影子　保持着当年的姿势　手指困住手指　发丝紧系发丝　温柔的样子　你们的样子　就是我的这一辈子

■你的记忆始终被雨淋湿　过去的少年总是满怀心事　唱歌的孩子　断手的小子　还有最英俊的男子　他的故事　全都写在你的开始与终止

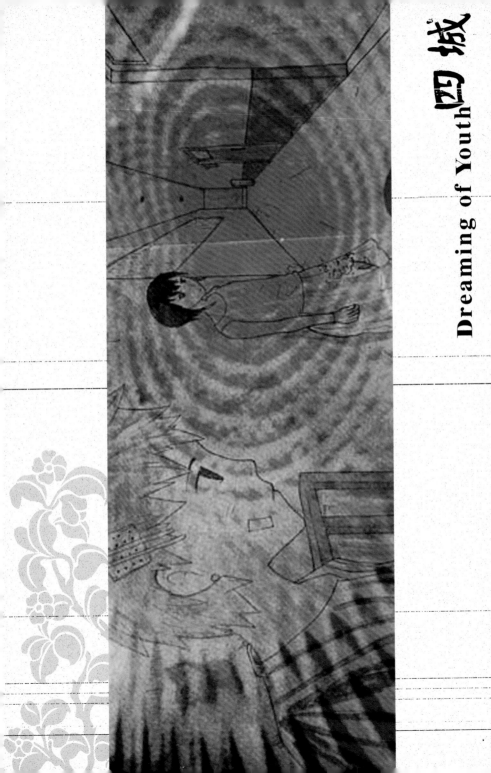

四城

Dreaming of Youth

■野兽终于发出沉闷的呼吸　星星与星星撞击　时光重回多年前的夜晚　烟花照不亮整个世界的黑暗　你却还带着微弱的火　还想再次点燃我

四 城

Dreaming of Youth

■从金鱼缸逃出来的黄昏　想念一个人　她还走在飘雪的早晨
就如同夏日少年的苦闷　一等再等　一问再问　你是灰尘　还是
风筝

Dreaming of Youth（四）城

■亮如白昼的夜　黑漆漆的白天　我的少年　你要安静一些　跟着我穿过天边　我的少年　你再回头看一眼　你的街　你的夜　你的二十年　你的爱人　突然醒在了午夜十二点

青城

Dreaming of Youth

■我要去哪儿 或是停驻呢 雨还在下 船停在桥下 我要去哪儿 才能回去呢

目录

零零一　引子

零零三　第一章　黑珍珠夜总会

零二五　第二章　康站长

零四三　第三章　决裂

零六三　第四章　花半王

零七七　第五章　五朵金花

一一三　第六章　暗涌

一三九　第七章　方桃的秘密

一六三　第八章　困兽莫朝春

一八三　第九章　四平街之战

二〇三　第十章　去上海

二一六　后记

Dreaming of youth

引
子

　　许多年后，他的出发点，变成了他多年来一直在寻
找的尽头。

　　写完这个故事的时候我已经七十九岁了。这时国泰
民安，万事兴旺，经历了几番人生起落社会动荡之后，
我终于再次提起笔继续年轻时未能完成的记录。青春已
经离我很远，身边早已空无一人。故事的最后我写了十
年，十年之前方桃离我而去，临死的时候她拽紧我的衣
襟，念一个已经死去将近五十年的少年的名字。五十年
前的事情在她心里仍像昨天一般明晰。她在上海住了四
十多年，始终挂念那段年少的时光，又或者只是一个她
没有到场的夜晚。

她死之后我将她的照片朝着她家乡的方向挂在家里的露台上。我对着露台，无数的时间都在想一个夜晚，一个片段，一句对白，一些道听途说的章节。从露台看过去，高楼高楼，街道街道，再之后是绵延入海的黄浦江。顺着黄浦江的支流顺流而下，就看见伸展而出的白河。许多年以前，白河沿岸有过一个叫南泽的地方，春酒之乡，欲望之都，悲伤之城……它有过许多的名字。有许多时候，我对于这座城市的着迷，对于这座城市里那些故事的着迷要远远胜过于我的家乡，东方明珠、世界中心，都变得微不足道。我渐渐发现自己的困境与难堪，我因为爱一个人爱上南泽，又因为爱南泽爱上许多人。我想念他们，我用笔记录他们的故事，耗费了人生的大部分时光，从年轻的时候写到白发苍苍，到七十九岁的时候终于写上最后一个句号。

那天夜里，我坐在家中，仿佛看见方桃重回到二十岁的模样，她身后跟着几个英俊的少年，他们在房子里玩耍嬉戏，热闹非凡。我刚想张口说话，他们突然停住，转头看我，每一个人的神情都变得无比黯然，最后他们从房间里依次走出去，走上露台，再踏上云朵，隐匿苍穹，乘鹤离去。

第一章 黑珍珠夜总会

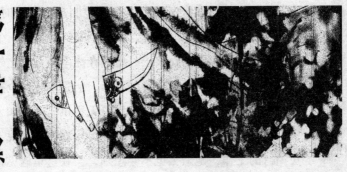

1

请你相信，我们的人生都是早就被安排好的。

李如云从黑珍珠夜总会十八号包厢走出来的时候，在走廊里愣了一会儿，她忽然想起很多年前的一个姐妹，一个叫杨彩薇的女孩子。她们在离南泽百里之外的桃花镇共同度过了一个美好的童年，但是杨彩薇全家在她十三岁那年迁到了南泽，之后再无音讯。而李如云自学校毕业之后也只身来到南泽，在黑珍珠夜总会找了个女招待的工作，她怎么也不会想到，会在这里遇见杨彩薇，而更叫她无法捉摸的是，杨彩薇那样的女孩子怎么会出入这种风月场所。

她想或许是认错人了，她认识的那个杨彩薇，是个像天使一样的女孩子，她善良漂亮、简单纯净、好学上进，是从电影里从云端里走出来的女孩儿，而十八号包厢里那个穿绿色小褂的女孩儿，是跟着几个年纪不大的纨裤子弟一起来的。黑珍珠夜总会这种污浊的地方，一夜掷千金是司空见惯的，不是像杨彩薇寻常家庭的女孩儿能来得起的。李如云想，或许两个人只是长得相像而已，又想已经四五年光景了，一个人能有多大的变化，也是不能预料的。

李如云这么想着，就听到领班叫她，忙答应着走过去，领班指着柜台上两瓶红酒，说，"这是十八号包厢的，给送去，动作麻利点。"

李如云想这下要仔细看看那女孩儿，然后把酒放到盘子里，托在手上就往里面走。拐弯的时候李如云趁领班不注意，看了看那红酒的包装，法国牌子，每瓶要不少银元。李如云想这些孩子还真是有钱。这样想着就到了门口，李如云敲门，然后进去，瞄了一眼：一共是五个人，其中三个少爷打扮的男孩子坐在长沙发上，她以为是杨彩薇的女孩子坐在长沙发的最左边，女孩子的左边的单人沙发上坐着另外一个男孩儿。五个人都低着头，互相没有交谈。李如云顿了一顿说："先生，你们的红酒。"

"嗯，打开。"坐在单人沙发的那个人说。李如云看到他是一个二十岁还不到的富家少爷，白衫灰裤子，长相很凶，他眉头不展，似乎很不高兴的样子。

李如云非常熟练地把其中一瓶打开，然后问："这瓶也要打开吗？"

这时候穿绿色小褂的女孩子微微欠起身子，接过红酒，抬头微笑，说："不用了，谢谢，你出去吧。"她的话刚说完，眼神接触到李如云的脸，忽然出现很惊喜的表情，跟着站直了身子说："你是小云吗？"

李如云这才确认了这个女孩子就是她童年最好的玩伴杨彩薇，高兴地几乎要叫出声来。她真的没想到还能再遇到杨彩薇，遇见像天使一样的杨彩薇。

第一章 黑珍珠夜总会

Dreaming of youth

两个女孩子隔着茶几甜甜地笑了，然后杨彩薇问：
"你这些年还好吧？我离开镇子之后几乎每天都会想念
你。我还想我们真的就此再也见不到了呢。"

李如云说："我也没想到，我那天写信回家跟母亲
说没准能遇见你呢，没想到真说中了！"

杨彩薇显得非常高兴，拉着李如云叫她坐在沙发上
好好聊聊，李如云说："现在不行，工作时间呢，一会
儿下班了再好好聊聊。"

杨彩薇一下子显得无比沮丧，说："那时候我可能
都走了。"说着又低下头，显得非常黯然。

李如云说："没事，我一会儿拿纸笔进来，你把你
的住处门牌留给我。我有时间去找你玩。"

杨彩薇说："好啊，我带你在南泽四处去看看。"

李如云拿着空托盘回到吧台，忙了一会儿等到空闲
的时候，拿了纸笔就要往杨彩薇的包厢里去，但想了一
想又停住脚步，问吧台的调酒师张涛，说："你知道十
八号包厢里的都是什么人吗？"

张涛是个二十五六岁左右的男人，是地道的南泽
人，平日里喜欢说别人的闲话，夜总会里的人都叫他
"张打听"，他一听李如云问起来，马上打趣道："怎么
了？看上人家了？我告诉你，别痴心妄想，白日做
梦。"

李如云平时就不怎么喜欢张涛，一听他这么说，没
好气地说："去，我就是问问，爱说不说。"

张涛跟着嬉皮笑脸地说："我开玩笑的，我告诉你就是，为首的那个姓花，叫花然，他母亲是南泽城的名人，叫花白秀。"

"花白秀？"李如云看着张涛，她刚到南泽不到两个月，南泽在她的心里是一个无数问号组成的巨大疑团。

"你怎么什么都不知道啊，花园酒楼知道吧？他们家开的。"

李如云"哦"了一声，花园酒楼她倒是知道，那是南泽几幢最有名的建筑之一，难怪那帮人一喝就是法国红酒，可是杨彩薇怎么会跟这些人在一起呢？李如云对张涛说了声谢谢，然后带着一肚子疑惑往十八号包厢走去。

李如云一进去马上觉得气氛有点不对，里面那些人调换了位置，杨彩薇坐在之前白衫男孩子坐的单人沙发上，那个男孩子则站在杨彩薇对面，另外三个人坐在长沙发上显得有点不知所措。包厢里灯光很暗，留声机播着一首英文老歌，空气像凝固一样，令人窒息。

所有人的目光不约而同地集中在李如云身上，杨彩薇见到她进来，像是看到救星，忙说："小云，你把纸笔带来了啊？"

杨彩薇这么一说站在她面前的男孩儿只得愤懑地退到一边的沙发上坐下，他瞪了李如云一眼，那眼神让李如云心里发毛。李如云小心翼翼地走到杨彩薇的身边，

第一章　黑珍珠夜总会　Dreaming of youth

把纸笔递给她，发现杨彩薇似乎刚哭过，眼睛还是湿的，李如云想她肯定被人欺负了，可是也不敢问，只说："你把你的门牌号留下来吧。"

杨彩薇接过纸笔，趴在沙发上把地址写好，把纸折了几折，折成一个巴掌大的纸片，然后递给李如云，李如云伸手去接，看到杨彩薇意味深长地看了自己一眼，李如云以为这是叫她赶紧离开，便接着说："写好了，那我先出去了，还有好多事要忙呢。"

杨彩薇笑笑，说："好，你要记得找我哦。"

李如云轻轻地走出去，心里的疑惑并未得到解答反而又加深了一层。在包厢门口发了片刻的愣，她听到包厢里杨彩薇在跟那个叫花然的男孩子争吵，又听不清楚到底在吵什么。她既担心杨彩薇受人欺负又不敢进去阻止，正着急的时候突然听到房间里"咣当"一声，似乎有什么东西碎了，吓得她再不敢在那里停留，慌张地朝大厅走去。

李如云忐忑地在大厅站了一会儿，一直注意着十八号包厢的动向。里面的争吵后来停了一阵之后又剧烈起来，声响越来越大，最后门被人"砰"的摔开，跟着里面的人全出来了，花然硬搂着杨彩薇，像是绑票一样把她搂了出来。杨彩薇的头发全都散了，脸色苍白，花然眼睛血红，像只受了伤的野兽。

大厅里所有的人都把目光投到这边来，花然旁若无人地对杨彩薇说："想走，你休想！"

杨彩薇不说话，冷冷地看着花然，想挣脱却无力挣脱。

李如云急得快哭出来了，但是看那帮男孩子凶神恶煞的样子，声都不敢出。这时候有个好事者出来讲话，是个中年男人。他走过去对花然说："你这个人怎么回事，快把人放开。"说着就要把花然跟杨彩薇拉开。

跟着花然的那三个男孩子中一个朝着中年男人的脸忽然就是一拳，中年男人中拳倒地，碰翻了一个桌子，桌子上的杯子、碟子、烟灰缸碎了一地。

楼下的看场保镖听到动静，匆忙跑上来，但不知道为什么并不像以往那样先制服肇事者，只是站在一旁围一个圈。

众人大约僵持了几分钟，李如云看到老板娘宋雅萍从三楼走下来，走到跟前的时候经理附在她耳边说了几句，她点点头然后径直走到圈子里，走到花然的面前。

花然见了她，勉强笑笑，说："宋阿姨，您在啊！"

宋雅萍也跟着笑了笑，说："我的花二少，你这可是叫我这个做长辈的下不了台啊！有什么事你找我，我要是不能给你解决了，你回去告诉你母亲，叫她回头找我算账，无论怎么样，你也不能在这里闹啊！"

宋雅萍这个老江湖一下把花然说得无言可辩，他只得干笑一下，说："这事是我不对，我晚上喝多了，东西我赔，医药费我给，我这就走还不成吗？"

宋雅萍想这小子混是混，规矩倒还是懂的，于是接着花然的话说："你走也行，但这女孩子你得留下。"

宋雅萍本来想圆个场，留下人，自己有面子也给被打的陶老板有个交代。她想这个女孩子无非就是花然一时兴起找的姑娘，留下她花然不会为难的。花然一听宋雅萍说要留下那女孩儿，马上变了脸色，他嘿嘿笑了两声，说："宋阿姨，这恐怕不行。"

"哦，怎么？"宋雅萍被驳了面子，有点恼火。

"这女孩子我非带走不可，今天晚上谁求情都不行！"花然的态度变得强硬起来。

宋雅萍还想说什么，花然一下打断她，说："今天晚上谁敢拦我我就要谁好看！"

他这么一说气得宋雅萍脸色煞白，但又不好发作，这时候花然拖着杨彩薇和另外三个男孩子往出口走去。

宋雅萍气得一下坐到吧台的椅子上，好半天说不出话，众人也各自散去，有人去扶姓陶的客人，说："你惹谁不好惹这个小阎王。"

经理招手唤过正惊魂不定的李如云，说："你赶紧跟出去，看着他们上车离开，不管是什么事，只要不发生在我们夜总会地盘里就行。"

李如云答应着，急忙跟出去，一直到后巷的停车场。

2

黑珍珠夜总会的后巷平时夜晚根本没有人，就是有人去后巷也宁愿绕个弯从另一条路过去，现在李如云急于想知道杨彩薇的情况，就顾不得那么许多了。

李如云在漆黑的小巷里摸索着前进，她害怕极了，本能地觉得这个晚上肯定要有不寻常的事情发生。她从再次见到杨彩薇的那一刻开始，就隐隐有种不安，杨彩薇是不应出现夜总会的，她一定发生了什么事。

李如云这么想着，忽然听到前面不远处一阵嘈杂。她听到花然的声音，语气凶狠，但听不清楚他在说些什么。接着传来厮打的声音，一个男孩儿大声地说："花然少爷，你别这样，你别这样，有什么话不能好好说！"

李如云又听到杨彩薇低声怒斥，说："你哥哥不会放过你的。"跟着李如云听到一个清脆的耳光声，花然说："你个臭婊子养的，拿我哥来压我。告诉你，我既然敢动你我就不会怕他！"

杨彩薇没有再说话。李如云走近以后，借着微弱的光看见杨彩薇又挨了花然几个耳光。

李如云屏住呼吸，大气都不敢出，她不知道怎么应付眼前的一切，眉头纠结到一块。就在她急得快要哭出来的时候，她忽然看到一束光晃了一下，跟着她就大叫了一声。

李如云看到杨彩薇拿了一把刀刺进了花然的腹部。

花然低叫了一声，"砰"地倒在一边。

李如云还有那三个男孩子都愣在那儿，而杨彩薇则保持着那个刺出的动作，似乎是静止在一片黑暗当中，全身却在发抖。

三个男孩子忙扑到花然的身边，他已经昏死过去，地上已经淌了一大滩的血。

比较有主意的一个男孩子马上吩咐其中一个看住杨彩薇，另外一个跑出去叫车，他则在那捂住花然的伤口。李如云吓坏了，她何曾见过这样的阵势，她原本想拔腿就跑，又想到此刻杨彩薇肯定早已失魂落魄，于是她说了句："彩薇，你别怕，我在这呢。"然后就向杨彩薇走去。

李如云想不到的是，杨彩薇居然很快就恢复了平静，她站在黑暗里，李如云虽然看不到她的脸，但她知道杨彩薇的表情一定非常冷静。李如云说："你没有事吧？"

杨彩薇半天才从嘴里一个字一个字地挤出一句话："这是他应得的。"

李如云想拉着杨彩薇赶紧跑，却被站在旁边的男孩子一把推到墙上，说："谁也不许跑！"想了想又说，"你是谁，你怎么在这儿？"

李如云吓得面如土灰，说："我是黑珍珠的女招待，我们经理叫我来看看情况的。"

男孩子说："那你还不走！记住，你刚什么也没看到，否则，我记得你的样子了。赶快走！"

李如云听到他这么一说，望向杨彩薇，杨彩薇朝她说："你打电话了吗？"

李如云一愣，问："什么电话？"

杨彩薇轻轻叹了口气，说："看来这是在所难免的了。算了，你先走吧，一会儿还不知道会发生什么事，你放心，我不会有事的。"

李如云说："不，我不走，我们一起走吧。要不，一会儿警察来了就真的走不了了！"

刚推了一把李如云男孩子一下急了，说："你赶紧走吧，一会儿我们老大来了，你想走都走不了了！"

李如云正在犹豫，忽然听到一阵脚步声，那种脚步声，一下一下，铿锵有力，撞击心灵。很多年后李如云都还一直记得这个声音，她觉得那就像电影里的那样，那个男人走路有风，每走一步都惊起无数的微尘，背景音乐开始变得有节奏或者突然无声，是一个好看的慢动作。

所有的人忽然都静了下来，他们都像是被那脚步声迷住了。

脚步声越来越近，李如云看到一个男人，说得确切点，她其实只看到了那个男人狼一样的锐利眼睛。因为

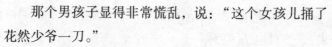

那个男人穿一身黑衣黑裤融在黑夜里，好像随时都会消失一样。

他走到离他最近的一个男孩子的身边，问："怎么了？"

那个男孩子显得非常慌乱，说："这个女孩儿捅了花然少爷一刀。"

他的话还没说完，刚来的那个男子照着他的脸就是一巴掌，打得他几乎站不稳要跌倒。

他说："你看你们几个，天天出来混，一个女人都看不住！"

三个男孩子吓得不敢说话，李如云大气也不敢出。

杨彩薇好像知道这个人肯定会来一样，定定地望着他。

黑衣男人走到花然的身边，一脚踢开那个抱着花然的男孩儿，冲着已经昏迷的花然说："你可真是我的好弟弟。"然后，竟然赌气似的踢了踢花然的身体，花然一点反应都没有。

黑衣男人一扭头，冲着几个男孩儿说："你们三个把他抬出去，赵六在那儿等着呢！"

三个男孩子像是得到了圣旨，七手八脚地把花然抬起，往停车场的方向去了。

李如云想这下好了，杨彩薇得救了，却没想到那男人转过身来，朝自己走过来，黑暗里李如云看到黑衣男人有美好的轮廓，非常英俊。

黑衣男人问："你是谁？"

李如云刚要回答，杨彩薇就说："她是个路过的，跟这件事一点关系都没有。"

黑衣男人走到杨彩薇身边，然后牵起她的手说："那你跟我走。"

杨彩薇点点头，冲李如云说："没事了，你赶紧走吧。"

李如云答应了一声，站在那儿没有动弹，黑衣男人像忘了她存在似的，拉着杨彩薇很快就消失在无边的黑暗中。

3

李如云回到黑珍珠夜总会没有把刚才在后巷发生的事情告诉经理，她只说他们吵了两句之后就走了，她害怕经理知道真相后会报警，警察局会派人去抓杨彩薇。

下班后，李如云一个人走在回住所的路上，才想起刚才的一幕幕。

李如云觉得奇怪的是，并不是杨彩薇非常突然地刺了花然一刀，也不是杨彩薇怎么会变成今天这个样子，她想到的是一双眼睛，黑夜里像狼一样锐利的眼睛。那个年轻男人身上所带有的霸气，在她的脑海里留下了深刻的印象。她想这个人到底是谁呢？看来一定是个有来头的大人物。李如云又想到杨彩薇，她这些年是怎么过来的呢？看样子她与花然还有后来的黑衣男人都是认识的，她怎么会都结识这种人，并且出入夜总会？难道是她堕落了，或者是她有什么难处？李如云忽然想到杨彩薇写的那张纸条，掏出来一看，只见到那纸条上写着：

我很危险，打电话给47777。

李如云傻了，这不是杨彩薇的地址，李如云细想一下才明白前因后果。在包厢里杨彩薇借写门牌号码时给她留下求救电话号码，希望她能打这个电话号码，然后找这个号码的主人来救她，但自己一时大意没看就装进口袋里，把事情耽误了，所以在后巷里杨彩薇才会说出"看来这是在所难免的了"。这样想来，竟是自己害了杨彩薇，只是最后来的黑衣男人是不是杨彩薇要找的那个人呢？他看上去也像是来救杨彩薇的啊。李如云觉得事情比想象中的复杂许多，她连忙跑去楼下的杂货铺打电话，但是没人接。李如云一连打了好几个，都"嘟嘟"无人应答，她看看时间已经半夜两点了，决定明天再打。

李如云想实在不行就去报警，然后又想，千万不能报警，杨彩薇杀了人，警察局知道就完了。

她很多事情都想不明白，她来南泽还不满两个月，并不了解这里的状况，她也不知道自己已经被卷入一个巨大的漩涡当中。

·4

李如云回到自己的住处在床上翻来覆去怎么也不能入睡，与她同屋的女招待小庄问她："你怎么回事啊，这么晚了，想什么呢？"

"没，没想什么啊！"李如云不想把事情告诉别人。

"还没什么，是不是为了晚上夜总会里打人的事？你好像是认识那个女孩子。"小庄说。

李如云这时候突然想到：对了，可以问问小庄花然的底细。今天张涛说得不清不楚的，问清楚了花然，或许就能搞清楚后巷里黑衣男子是谁了。她于是问："小庄，那个不给老板娘面子的富家少爷是谁啊，什么来头？我可是头一次见到有人不给老板娘面子呢！"

"别说是你，我也是头一次见到！不过也难怪，一山还比一山高。说起这个男孩子，他叫花然，今年十九岁，他母亲叫花白秀，是花园酒楼的老板。花园酒楼知道吧，就是前面那条路，最豪华的那座。他们花家在南泽是有名的豪门望族，每个人都知道。也就你从乡下来，搞不清楚状况。"

李如云"嗯"了一声，说："那么厉害啊，我以后可得注意点，别得罪人。"

小庄说:"那是啊,夜总会鱼龙混杂,说话做事得特别小心,处处得多留个心眼。"

李如云想了一下,又问:"那南泽敢踢花然两脚的人多吗,都有谁啊?"

小庄说:"那可就多了,你知道的,人外有人,天外有天,厉害的人多着呢!"

李如云说:"只说在南泽的吧,啊,年纪大约在二十岁左右。"

李如云这么一说,小庄一下来了精神,她一骨碌从床上坐了起来,说:"那可不多,应该就四个人。"

"四个人。哪四个?"

小庄说:"得,你睡到我床上来,我细细跟你说。你记住,跟我们年纪相仿的,在南泽有四个人是万万不能得罪的,不过估计你也没多大机会遇见他们。"

李如云躺在小庄的身边,说:"你别卖关子了,到底是哪四个人啊?"

小庄说:"你别急,我记得有首诗,你容我想想。"

李如云说:"我叫你说人,什么诗不诗的?"

小庄在床上反复念叨了半天,才缓缓把诗念出来:

露凝霜重莫朝春

金枝方桃庭院深

百里宝玉是安康

唯有下城花半王

李如云跟着把诗念了一遍,说:"这是什么诗啊,谁写的?"

小庄说:"写这诗的也是一名人,叫沈安石,南泽第一才子,现在留洋了,在美国。"

李如云说:"哦,我知道了,他是敢踢花然的其中一个。"

小庄摇头说:"不是不是,他也不敢,你听我说啊,别老打岔。"

李如云笑笑说:"好好好,我不插嘴,我听你说。"

小庄坐在床边,手舞足蹈地开始给李如云讲起:"这其实是首藏名诗,每一句都暗藏了一个人名。四句诗分别藏了莫朝春、方桃、安康、花半王四个人,这四个人正是敢踢花然的那四个人。他们四个是南泽最有权势、最有钱、最让人侧目的四个家族的孩子。"

小庄说到这儿的时候,李如云笑了,说:"跟小说一样,是不是真的啊?"

小庄说:"你听我细说啊,这头一句,'露凝霜重莫朝春',就是说的家住城北,掌控着南泽酿酒厂的'南泽酒王'莫大川的独子。他家虽然在四个家族是背景最简单的一家,但是他家的钱比另外三家加起来的还多得多。你知道的,现在这个社会,有钱就等于拥有了一切。第二句,'金枝方桃庭院深',说的是个女孩儿,叫方桃,她爸方书平以前是南泽的警察局长,现在是市长。这还没什么,她外公是个大军阀,她算四个人当中最有权势的。这第三句,'百里宝玉是安康',说的是

第一章 黑珍珠夜总会

Dreaming of youth

有七里站'百里阎王'之称的安泽生的儿子安康。安泽生表面上是个大地主，其实是个帮派老大，养着一帮打手，在南泽七里站，不说鱼肉乡民，起码也是横行霸道，是名副其实的土皇帝。最后一句，'唯有下城花半王'，则是说的城东'花门'花旭东的独子花半王。听他的名字你就知道，他老爸给他取名'半王'，意思是他生下来就是半个王。他的家庭成分最简单，据说从清朝那会儿，他们祖先世代都是走江湖、提着脑袋过日子的混混。到了花旭东这代，势力在南泽达到顶峰。家里有一个花园酒楼，两间浴池，两间夜总会，一家银行。

后来，花旭东莫名其妙地死在了东北，他的妹妹花白秀接手管理了家族事务，花然是她的儿子随了母姓。这四个人的家族，几乎拥有整个南泽所有势力，以及数不清的金钱。他们要是一起跺跺脚，南泽地面都要抖三抖。"

李如云听小庄滔滔不绝地说了半天，觉得自己像是在听故事，她将信将疑地说："这都是真的？"

小庄说："我还能骗你，这在南泽无人不知，无人不晓。"

李如云把那首诗又念了一遍，然后想这诗编得也挺有意思的："哎，只是那个叫沈安石的为什么要写这个诗啊？"

"他跟他们是同学啊，特别了解他们，对了，你看这个诗除了藏了名字，每一句还有别的涵义。我听别人说的，也不知道是真的假的，反正说得挺像。"

李如云说："看上去倒是这么回事。这第二句好猜，就是说方桃是金枝玉叶，而且因为家里是当官的，这在古代一定是大庭院，所以是'庭院深'。可是另外几句就不好猜了。"

小庄说："小云你行啊，真叫你猜着了，至于其他三句非得要了解他们恐怕才能写得出。第一句，'露凝霜重莫朝春'，你想啊，露凝霜重，那是冬天了啊，冬天花都枯了。莫朝春据说特别花心，你想啊，女孩子就是花，女孩子伤心就是花朵枯萎了。"

她说到这，李如云呵呵直笑，说："这个写诗的可真行！"

小庄继续说："这句'百里宝玉是安康'，说安康他爸不是'百里'一霸吗，而'宝玉'则是把他比做《红楼梦》里的贾宝玉。因为他有六个姐姐，从小是在一群女孩子的拥簇下长大的。这就好比那'金陵十二钗'。"

李如云说："乖乖，六个女儿。她妈妈可真能生！"

小庄扑哧一笑，说："大户人家又是妻又是妾的，不是一个妈生的。"

李如云说："哦，原来是这样。对哦，他们家是有钱人。"

小庄说："是啊，安泽生晚年得子，不知道有多溺爱。我听我妈妈说，安康出生的那天，安泽生派人给七里站方圆百里几万户人家家家送了喜蛋。"

李如云说："真是大手笔啊，不过安康这个名字倒是很符合他的心愿。"

小庄接过去说："最后一句'唯有下城花半王'，就是说花半王是唯一没什么亲人的。"

李如云说："不对啊，他应该有个姑姑的，应该还有姑父，花然应该是他表弟啊！"

"不对，那个花白秀其实是花老太爷的养女，跟花半王并无血缘关系。"

李如云"哦"了一声，说："把他放到诗的最后一句，好像这个人是最厉害的一样。"

小庄说："就算不是最厉害的，也是最不好惹的。人人都说这首诗最后一句应该是'唯有无门花半王'，但沈安石害怕惹怒花半王才改成现在这个样子的。"小庄说："总之，你遇见这四个人最好能躲就躲，惹到哪个，都没好日子过。"说到这里，她哈欠连连，跟着说，"我不行了，睡吧，三点多了。"

李如云余兴未尽，说："你多给我讲讲啊！"见小庄半天不理睬，她只得悻悻地爬回自己的床，跟着就听到小庄的鼾声。她心想人没有心事真是好啊，然后就关了灯，睁着眼睛想事情。听刚才小庄一说，后巷黑衣青年可能就是莫朝春、安康、花半王中的一个，都是不能惹的人物。唉，本来好好的，他乡遇故知，遇见了杨彩薇挺高兴，谁知道她竟然被人挟持，更没想到最后她竟然杀了人。

　　李如云躺在床上很久都不能睡去，她知道自己正在慢慢了解南泽这座城市，却感觉不到惊喜。她的心里，被疑惑和不安塞得满满的，很难再塞点别的什么东西进去。

第二章　康站长

1

第二天是五月五日，是个阳光明媚的好天。早晨十点李如云被一个噩梦惊醒，汗水湿透前心后背，而小庄早已不知去向。

李如云梳洗之后觉得没什么事可做，只好回到床上。她现在住在夜总会提供的住所，巴掌大的地方，放两张床之后就显得满满当当的。本来李如云想放张桌子，这样能没事看看书写写字什么的，可是左量右量发现少了一尺多，只能作罢，后来一想看书这种事还是躺在床上比较舒坦。

李如云随便翻了几页书，莫名其妙就觉得烦躁起来，又想起昨天晚上的事情，不知道杨彩薇现在怎么样了，又想起昨天那个没打通的电话。几番思量之后，觉得还是应该打一个电话通知杨彩薇要找的那个人，要是万一他不是昨晚那个黑衣男子呢？又想，就算那个人真的是黑衣男子，确定一下也能叫自己彻底安心下来。

她翻出昨天晚上拨打的电话号码，出去打电话。她把电话放到耳边忽然莫名地紧张起来，脑海里浮现出了昨天晚上黑衣男人狼一样的眼睛。

电话拨通后，传来一阵忙音，占线。

李如云挂掉，再拨，如此反复几次，电话终于传来接线的"嘟嘟"声。

然后有个很温柔的男声接了，他"喂"了一声。

李如云听出这不是黑衣男子的声音，她忽然有点惆怅，一时忘了要说什么，只得跟着"喂"了一声。

电话里那个男人一听是个陌生的声音，也没有问李如云是谁，只是说："我是安康，请问你有什么事吗？"

安康？李如云想这名字怎么有点耳熟，她说："哦，也没什么事，就是问问，你认识一个叫杨彩薇的女孩子吧，是她给我的这个号码。"

"彩薇？她怎么了？"对方的声音变得关切起来。

"她……其实我也不知道怎么了，但是她自己说她很危险，然后叫我打电话给你。"

"她现在跟你在一起吗？她是不是出什么事了？"

李如云"嗯"了一声，她不知道如何复述昨天晚上的事，只得说："这个在电话里一时也讲不清楚。"

对方"哦"了一声，然后问："你在哪儿？我现在有点事要办，忙完了我来接你吧。"

李如云说："那好吧，我住在黑珍珠夜总会附近。"

对方想了一下说："那就在那条路的十字路口等，半个钟头后我去接你。"说完就挂了线。

李如云挂了电话之后才想起接电话的是谁，他自己报了名字，这名字昨天晚上小庄还提起过。

"百里宝玉是安康"。

安康。

2

李如云决定准时赴约，她觉得自己不管帮不帮得上忙，但一定要帮杨彩薇做点什么，此外她对这件事也产生了莫大的兴趣，她觉得杨彩薇、花然、黑衣男子、安康这些人的背后一定有一个无比精彩的故事。

李如云在住处稍稍打扮了一下，把头发整齐地扎在脑后，抹了点水粉，再穿上来南泽不久后新买的布裙子，对着小庄的镜子照了一下，觉得自己像是变了一个人。李如云在镜子里对自己笑笑，然后拎着包走出屋去。

时间大概是上午十一点，李如云在十字路口的一个绸缎店门口等安康。一会儿，一辆黑色的汽车刷地停在身边，然后从车上下来一个大概三十岁左右的胖子，他四处望了一下，然后朝着李如云走过来。

李如云想这该不是电话里那个安康吧，听声音挺年轻的啊，怎么现在是个又老又胖的人？李如云看着胖子吃力地在伸头寻找什么，她突然没忍住，扑哧一笑。

胖子走近李如云，一开口说话，李如云知道自己是认错人了，声音完全对不上。胖子讲起话来瓮声瓮气，说："小姐，你是不是在这儿等人？"

李如云马上收回笑脸，说："是啊。"

胖子掏出手帕擦了擦汗，说："那快上车，赶紧走。"

李如云说："你认错人了，我等的不是你啊！"

胖子说："没错啊，我们少爷叫我来的，说是一个年轻姑娘，你看看这周围就你一个姑娘啊！"

李如云四下瞅了瞅，果然是胖子说的那样。再听他刚才说起"少爷"两个字，心里想十有八九就是了，但是嘴上却问："你们少爷是谁?"

胖子一下不高兴了，说："你连我们少爷都不知道? 七里站康站长啊！"

李如云撇撇嘴，说："那对了，上车。"心里却想，要不是昨天晚上小庄告诉我，谁知道你安康是谁啊。

上了车之后胖子马上戴起个黑眼镜，板着脸不再说话。李如云原本想问问他关于安康的事情，但看他这样，也把头望向窗外，看都不想看那胖子。

车子在马路上跑了一会儿停下，胖子指着前面的一间门面说："那个茶水铺子看到了没，少爷就在那里面等你。"

李如云下了车，礼貌性地说了声谢谢，谁知道胖子一言不发地把车开走了。

朝前走了几步，李如云走进林嫂茶水铺，一眼就望到一个年轻男孩儿坐在那里，其实店里除了坐在柜台后面的老板娘只有他一个顾客。

男孩儿留着一头有点微微卷曲的短发，穿了一件绸衬衫，浓眉大眼，看上去坐在那像是等了很久。

李如云走到他旁边，说："你就是安康?"

男孩儿没有回答她，指了指自己身边的座位，说："坐。"

李如云坐下后，男孩儿又问："你有没有时间?"

李如云记得这声音，知道面前这个男孩儿便是安康了，她想了一想，说："下午四点之前有。"

安康说："那帮个忙。"

李如云点点头。

安康扭头对老板娘说："你开瓶汽水给她。"然后扭过头对李如云说，"你陪我在这喝汽水。"

李如云刚想张口说杨彩薇的事，嘴还没张开，柜台上的电话响了，是找安康的。安康跟电话里的人说了几句就挂了，之后冲李如云一笑，刚要说话，电话跟着又响了。见安康不停地接听电话，李如云想这是谁啊，也不能这么忙啊，电话一个接一个，比他们夜总会那个电话还要忙许多。

最后一个电话安康讲了一半，他抬眼看到了马路对面什么人，便把电话话筒交给李如云之后箭一样地从茶水铺冲了出去。李如云接过话筒，一个年轻女人一个劲地"喂喂喂"，李如云不知道该怎么办，很紧张地挂了电话。没几秒钟它又再次响起，李如云不再理会，扭头看安康到底怎么了。

只看到安康在跟一个年纪差不多大的男孩子说话，

没说几句忽地给了男孩子一拳，然后上去左一拳右一脚，把他打倒在地。

李如云的视线很快被一群围观的路人挡住，她刚要站起身来走近看，一辆车又非常不识趣地停在茶水铺的门口。

停下的车十分豪华，从汽车里下来一个五十多岁的小老头儿，穿一件白衫，宽绸缎的黑色裤子，一看就知道是帮派里的人。

老头儿径直走到茶水铺里，柜台后面的老板娘迎了出来，走到老头儿身边，把头低到不能再低，必恭必敬地说："您，您怎么来了？"

老头儿抬眼一望，说："安康呢？"

老板娘吓出一身冷汗，不敢说安康正在街对面打人呢，只得赔笑说："刚还在这儿呢，现在不知道去哪儿了。对了，他刚才就跟这个女孩子在一起的。"

李如云一看她提到自己，不知道为什么低下头去，只敢用眼睛偷偷瞄老板娘和那个老头儿。

老头儿往李如云这边走了一步，然后盯着李如云上下打量了一番。

李如云把头低得更低了，吓得大气都不敢出一声。

老头儿在那看了足足有五分钟，之后说："你记得跟安康说，叫他晚上回家吃饭。"说完，掉头就走了。

跟着听到汽车门"哐"地关上，慢慢地开远了。

李如云和老板娘这才算是长出了一口气，彼此对望了一眼之后，老板娘无奈地摇摇头，又回到像小房间一样的柜台后面去了。

李如云往马路对面望去，发现安康手里拿着一沓钱，正往这边走过来了，被打的男孩儿还是躺在地上，被看热闹的人团团围住。

安康回来，把那沓钱"啪"地扔到柜台上，冲老板娘说："总算叫我逮到他了，这钱你一会儿给胡奶奶送去。"

老板娘"嗯"了一声，安康说："那我走了啊。"走到门口了才又忽然想起李如云还在那儿坐着，于是又折回来，坐到李如云对面的座位，问："你叫什么名字?"

"李如云。"李如云想这个人可真有意思。

"好吧，李如云，跟我走。"说着站起来就要去拉李如云的手。

"去，去哪啊?"

"吃饭啊! 现在都中午了。"安康说，然后望了李如云一眼，说，"你这个人有毛病吧，中午的时候当然是去吃饭。"

李如云心里想，也不知道是谁有毛病，但还是跟着安康走了出去。他们走到马路边，上了两辆黄包车。

李如云坐在车里想这下可好，出来这么久了，安康也见了，可正经事半句也没谈。这叫安康的怎么奇奇怪怪的啊? 正想着呢，另一辆车上的安康扭头跟她说话:

"刚才没吓着你吧?"

安康男孩子说起话来声音挺好听,笑起来也挺迷人。

李如云说:"没有,这两天我看人打架好几场了。"

安康一下笑了,说:"我没说打架,我说我父亲没吓到你吧?"

李如云说:"你爸?"跟着想起安康跟人打架那会儿茶水铺里来的叫人害怕的小老头儿。噢,原来他是安康的父亲,百里阎王安泽生。难怪老板娘那么怕他。

安康说:"他没说什么吧?"

李如云说:"他叫我告诉你,晚上回家吃饭。你很久没回家吃饭了吗?"

安康说:"有几天了吧,最近比较忙一点。"

李如云"哦"了一声,然后两个人都沉默了半晌,之后安康突然一个人偷偷乐了,搞得李如云一头雾水,不知道怎么了。

李如云于是问:"你笑什么呢?"安康一开始不说,一看李如云板起脸只好笑嘻嘻地说:"我父亲,我父亲把你当成我女朋友了。"

李如云一愣,然后也忽然明白了,两个人在各自的黄包车上笑成一团。笑了一会儿,李如云突然又板起脸,她发现自己原来中了一个圈套,之前安康说帮个忙,原来竟是这样的忙。她瞪着安康,说:"你这个人怎么这样,占人便宜。"

安康一看李如云马上就反应过来，心里想别看这女孩子总一副冷峻的模样，倒还是挺聪明的，于是连忙解释，说："你别生气，你听我说。"

　　安康把事情说了一遍，原来今天他本来是在林嫂茶水铺约了他父亲见面，而他父亲要见见他一直对家里说的女朋友，可实际上他根本没有女朋友。正着急的时候接到李如云的电话，灵机一动，就想用李如云先挡一挡。

　　李如云听他这么一说，误会去了大半。再加上看到安康说到家里逼亲时那副可怜样，也就不再生气。她问安康："你多大了啊，你家里就这么着急？"

　　安康说："唉，我才二十岁，可是父亲光叫我去相亲都不下十次了，我不想去就编了个我有女朋友的谎来骗他。"

　　两个人就这样在车上有了几句简单的交谈。安康告诉她一些家里的琐碎烦心事，也告诉她刚才他揍那个男孩儿，是因为他偷了他奶奶养老藏的一笔钱出去乱花，而他在这个茶水铺等了好几天才算是把他给逮着。现在他们要回大本营七里站去吃午饭。李如云渐渐发现安康这个人并不像贾宝玉那种女性化式的人物，也并不像初见他时第一印象那样的神秘、霸道、叫人摸不着头脑。安康像学校里一个很普通的男生一样，简单淳朴，并且富有正义感，李如云想到这里，不知怎么，又忽然想起昨天晚上那个黑衣男子来。

3

就在李如云认定了安康其实跟其他男孩儿没什么两样的一刻钟之后，就否定了自己的想法。自从黄包车驶进这一块被统称为七里站的地方之后，她觉得安康突然变成了一个王子，车子靠边停的时候，刚好在路边走的年轻人立即跑过来给李如云他们付钱，然后会问安康好。这之后在去饭店短短一条路上，李如云数不过来有多少人跟安康主动打过招呼，都叫安康"康站长"。这叫李如云很纳闷，这是什么称谓啊，站长？火车站？粮站？还是兵站？

两个人上了一家叫四季春的酒楼，一进门侍者异常恭敬地鞠躬，然后说："康站长好。"之后上楼，进包厢，遇见的每一个人也都反复重复这句话，那情景好像一个将军在军营里巡视，又像是说书的段子里的皇帝微服私访。这叫李如云非常吃惊，心里想这简直跟传奇一样，安康只是个二十岁的男孩子，怎么会得到这么多人的爱戴与尊敬！

所以进到包厢里屁股还没坐到板凳的时候，李如云就发问了，她问安康，"他们怎么都这样啊，把你当皇帝一样，还有，他们怎么叫你什么站长？这都是怎么回事？"

安康呵呵一笑，先坐下，并不回答李如云的问题。

李如云说："你回答啊，你别逗我着急啊!"

安康装作严肃的样子说："你看到了吧，这可是我的地盘，你还敢用这样的口气跟我说话?"

李如云撇撇嘴，说："那是别人把你当宝，我说你跟普通人都一样嘛，不比人多长一只眼睛。"

安康说："好了，别吵了。赶紧点菜，我早就饿了。"说着把菜单递给李如云，"为了感谢你对我的帮助，今天给你点，顺便说一句，我不喜欢吃牛肉。"

李如云拿过菜单，随便翻了一下，心里说怎么这么贵，转念又想人家是有钱人，没有必要替他省，于是照着贵的点了七八个菜。

安康说："你能吃完吗?"嘟哝后，吩咐一旁的侍者拿出去下单去了。

这之后安康严肃起来，说："说说事情的前因后果吧。"

安康的话刚完，就听见有人敲门，安康说"请进"，李如云看到一个十三四岁的小孩儿哭哭啼啼地跑了进来，安康问："小刚你怎么又哭了?"

小刚哭着说得断断续续，但李如云还是听明白了，原来小刚的父亲打母亲，小刚是来告状的。李如云想，安康又不是家族的族长，怎么这种事情也要来找他?

安康说："你别哭，我一会儿有空了会去看看的，你先回去。"

小刚像是得了圣旨，乖乖地出去了。安康这时候叫了侍者进来，问外面有多少人。

侍者说："没多少人，大概五六个。"

安康说："你叫他们先回去，要是再来人你就说我今天有事，叫他们去我三叔那儿或者去找我五姐。"

侍者说："好。"接着退了出去。

安康抱歉地对李如云笑了笑，说："真是不好意思，都是邻里乡亲的要帮忙，我也不好推辞，现在应该不会有人再进来了，你说吧。"

李如云这才明白，因为安康家在七里站有势力，所以别人有解决不了的事情都会找他。而安康又很和善，很乐于助人，所以整天忙个不停，吃个饭都会有很多人找上门来。

李如云把昨天晚上在黑珍珠夜总会发生的事情一五一十地跟安康讲了一遍，当安康听到黑衣男子出现的时候，眉头皱了起来，跟着就沉默了。

李如云一看着急了，说："怎么了？是不是彩薇有危险？"

安康一看她着急了，忙说："没有，彩薇倒是没有危险，只是你说那个人叫我忽然想到一个叫我非常头疼的人。不过彩薇应该是非常安全的。"

李如云又问："你说那个人是谁啊，叫你都头疼？"

安康笑了，说："说了你也不认识，来，吃点菜。"

李如云夹了片竹笋放到嘴里。

安康望着她说："你好像不是本地人，哦，对了，你一定是跟彩薇来自同一个地方，那到底是个怎么样的地方啊？我以前每次问她，她都不说。"

李如云这时候却反问安康，说："对了，那你是怎么认识杨彩薇的呢？"

"我？我们是同学啊，中学同学。"

李如云"哦"了一下，说："是啊，你其实跟我跟彩薇是差不多大年纪的。"

安康说："我知道你们老家那个地方叫桃花镇是吧？那是不是到了春天到处都是桃花啊，你给我说说，也顺便说说小时候的彩薇是什么样的吧？"

李如云看到他如此有兴趣，说："那好吧，我给你说说。"然后她通过记忆的隧道，带着安康回到了那有如世外桃源一般的故乡。

李如云说她到现在也想不起自己第一次遇见杨彩薇是什么时候，在哪儿，是怎么遇见的。只记得很小的时候她们俩就在一起。在那个镇子里，那么多女孩子，她只跟杨彩薇好，杨彩薇只跟她好，她们一起玩，一起游戏，一起缠着杨彩薇的父亲给她们讲故事，她们几乎是手牵着手一起长大的，她们像是并蒂而生的两朵花，朝着同一个方向开在桃花镇。

李如云想起许多琐碎却珍贵的童年往事，比如她们读小学的时候手拉手去找老师，叫老师给她们安排坐同桌；李如云从小就喜欢写东西，没事儿的时候她经常拉着杨彩薇去小河边给她念自己的"大作";在上课的时候偷偷交换男孩子们写给她们的情书……李如云说了很多很多,杨彩薇在她心里再一次鲜活起来,她说起杨彩薇的慷慨大方,说起杨彩薇的简单纯洁,说起杨彩薇的坦率自然,说起杨彩薇的聪明伶俐,说起杨彩薇一切优秀的品质,李如云知道自己的心里对杨彩薇有一种仿佛爱自己的姐妹一样的感情。虽然杨彩薇全家搬走之后再没能见到,但是这种感情却像是化成血液一样,在自己无助的时候,难过的时候,悲伤的时候,都会涌进胸膛,温暖心房,就仿佛是杨彩薇站在自己的身后,拍着自己的肩膀,说:"小云,别怕,还有我呢。"

李如云说到这里,安康也跟着会心地笑了,安康说:"真美好啊,可惜我没生在那么美的地方,其实我接触彩薇之后,也是想象她在一个单纯自然的环境下成长的。你知道吗?读书的时候,我们都以为杨彩薇是仙女,是上天看我们几个可怜,派她下来点化我们的。"

李如云说:"是吗?也难怪,你们在这污浊的城市里,哪见过那样清新脱俗的女孩子。"

安康说:"是啊,你不知道,当时学校里有多少人为仙女打过架。"

安康这么一说,李如云来了兴致,她问:"杨彩薇交男朋友了吗?"

安康被她这么一问,像是想到了什么,走了片刻的神说:"好像没有,又好像有。说真的,她的行动挺神秘的，我不是很清楚。"

李如云说："我见了这么多男孩子，还真的没一个人能配得上她。"

安康哈哈大笑，说："那我呢?"

李如云说："你这样的，上街一抓一大把。"

李如云想了想，又对安康说："你听过我们的童年了，怎么着你也得说说你自己的过去吧?"

安康说："我过去没什么好说的，挺普通挺俗气的，跟一般人都一样啊!"

李如云说："你就简单说说，我想听。"

安康说："那就回答你先前问我的那个问题。"

李如云说："哦，就是你为什么叫'康站长'?"

安康说："对。因为这块地方叫七里站，我小时候呢，是出了名的七里站小霸王。七八岁的时候，去菜市场见什么拿什么，从来不给钱，去商铺也一样，所有的商铺老板都怕我，尤其是卖玩具的卖糖果的，那真是见到我跟见到劫匪一样。我跟小孩儿打架，经常打得别人在床一躺就是半年，横行马路连头都不歪。那时候小啊，不懂事，认为这是潇洒，是厉害，是了不起。再加上我爸爸溺爱我，在七里站这个地方根本没人能管得了我，于是不知道是谁就给我起了'康站长'的诨号，意思是在这里我是个'长'，我是最大的，没人比我大。这样一传十传百就慢慢叫开了，一直叫了这么许多年。"

李如云说："乖乖，厉害！"

安康说："唉，都是小时候闯祸闯多了，你看现在，片刻也不得闲。"

安康自顾自地说完，再去看李如云，她在那里望着安康，像个傻子似的愣愣的，跟着两个人又都哈哈大笑起来。

4

送走李如云之后，安康一个人跑到菊花园茶室要了一个雅座，坐在那抽了两根烟把李如云所说的黑珍珠夜总会杀人事件理出了个头绪。首先，花然是个出了名的烂人，绝对不是什么好东西。杨彩薇目前下落不明，那个黑衣男人如果不出意外，应该是花半王。就是说，最后是花半王带走了杨彩薇，并且很有可能扣住了她。虽然一时不会有什么危险，但杨彩薇毕竟是刺死或者刺伤了他的表弟，而花然后面又站着个花白秀。假如花然死了，花白秀是肯定不会放过杨彩薇的。只是杨彩薇又为什么会跟花然出现在夜总会，他们两个人到底发生了什么事情呢？

安康想来想去都不能得出一个合理的解释，心里想先搞清楚花然是不是还活着，不如打个电话给花半王探探虚实。

安康给花半王挂了个电话，响了几声之后花半王接了，安康说："是我，安康。"

花半王说："是你啊，有什么事？"

安康说："也没什么事，听说你表弟昨天晚上出事了，现在怎么样了？要是没事儿我想去看看他。"

花半王说："你管这个畜生干吗，他没死，现在在医院里。"

安康心里想，花然没死，杨彩薇就安全了。他顿了顿，说："对了，最近你有没有跟杨彩薇联系啊，她还在不在南泽？"

花半王听出了安康试探的意思，居然爽快地说："杨彩薇现在跟我在一块。"

安康说："那你叫她跟我通电话。"

花半王说："那恐怕不行。要是没什么事那我就先挂了，我这儿还有事。"

安康一听只得说："那行，再见。"

挂了电话之后安康确定了两件事，一是花然没死，杨彩薇还应该是比较安全的。二是杨彩薇果然是被花半王扣住了。安康想了想，最后还是决定打电话给莫朝春，告诉这一切。

几个人都有三年多没有联系了，现在为了杨彩薇，不得不违背誓言，要再次碰头了。

第三章　决裂

1

"你爱我吗?"

"爱。"

"有多爱呢?"

"嗯,就像莫朝春爱杨彩薇。"

2

莫朝春盯着春来茶馆临窗桌子那个长头发穿桃红色旗袍的女孩子已经很久了,他在等一个绝好的时机。

这样的时机包括茶馆留声机播放什么样的歌曲,跟着女孩子一起来的胖妞去洗手间暂时离开,以及自己的心非常平静,以便能潇洒从容地走过去,最重要的是,他必须等到手下人把花从三条街外送来。

三点十九分,距离约定的时间还有一分钟,莫朝春站起来,如往常一样非常沉稳地走过去,然后站住,等到女孩儿抬起头,把目光停留在莫朝春身上的时候,他才开口说话:"我们好像在哪儿见过?"

女孩儿说:"见过吗?"然后看莫朝春一脸严肃的表情,想了一下说,"你认错人了吧?我好像不认识你啊。"

莫朝春说："没见过？不可能，我记得我还借过你东西呢。"

女孩儿说："没有吧？我怎么一点都不记得了呢？"这时候她把注意力放到了眼前这个英俊的男人身上，没有看到有个人捧了一大束花从侧门进来，站在了她的身后。

这时候莫朝春像变戏法似的从女孩子背后那个人手中接过那一大束鲜花，然后递给女孩儿，故意大声地说："现在我把它还给你了。"

春来茶馆里所有人的目光都望向了这边，女孩儿非常不好意思，脸上红一阵白一阵的，好像心里又羞又喜，觉得这个男孩子太罗曼蒂克。

莫朝春是个情场老手，他非常熟练地坐到女孩儿的对面，然后探过头去，神秘地小声说："那你现在能把属于我的东西还给我了吗？不过你要是喜欢，我倒是非常乐意把它送给你。"

女孩儿被他问的一脸疑惑，问："什么东西？"

莫朝春说："耳朵伸过来，我告诉你。"等到女孩儿把耳朵伸过来，他说："我的心。"

女孩儿一开始没听明白，后来羞得满面通红。但是没有立即回答，假装望向一边，并不为这个男子的轻浮恼怒。

莫朝春知道成功了大半，现在则要乘胜追击，他伸出手说："你好，我叫莫朝春，希望能跟你做朋友。"

他的话还没说完，女孩儿就"哦"了一声，说："原来你就是莫朝春啊，怪不得。"

"哦？你认识我？"莫朝春想，知道我大名更好，更容易上手。

"是啊，你还记得赵晓萍吧？"

莫朝春心里一寒，知道要出事，赵晓萍是他上个月追求的一个女孩子，好了没几天后就找了个"太爱你了，怕相处久了有一天失去你会受不了，长痛不如短痛"的滥俗理由分手了。没想到……莫朝春心里虽然想不会这么倒霉吧，嘴上却还在打哈哈，说："什么萍，我不认识啊！"

女孩儿杏眼一瞪，说："你别装了，我告诉你，她是我表妹！"

莫朝春见不能装了，笑嘻嘻地说："是是是，我是认识你表妹，可是我们确实不合适啊。况且她是她你是你，这是两码事啊！"

女孩儿说："但是你的大名我可不是第一次听过了，今天一见，果然如传说中那样烂。"

莫朝春知道再纠缠下去也没什么意思了，站起身来，掏出一张便条放在桌子上，说："这样吧，人不能只看表面，你还是找我几次，了解一下我再下结论。"说完，非常潇洒地离开了春来茶馆。

莫朝春惆怅地走在南泽最繁华的南泽大道上，觉得非常悲痛：多好的姑娘啊，怎么就是赵晓萍的表姐呢？

难道南泽真的就再没有背景单纯，不谙世情的清纯小姑娘了吗？这可叫人以后的日子怎么过啊。莫朝春想来想去，觉得自己太引人注目，太光芒四射了，看来以后得低调点。莫朝春正一路胡思乱想，不知道往哪儿去的时候，忽然看到有个家里的下人正急急忙忙赶过来。

莫朝春不高兴地问："什么事，这么慌慌张张的？"

那人满头大汗，说："刚才安康少爷打电话来，说找您。"

莫朝春心里一惊，知道出事了。

果然，那人又说下去："安康少爷说有个叫彩薇的小姐有事。"

杨彩薇。

这个名字再次出现在莫朝春的记忆里，他忽然觉得天旋地转，浑身颤抖起来，家里的下人叫了他好几声他才反应过来。忙问："怎么了？出什么事了？"

那人说："具体什么事，安康少爷也没说。"

莫朝春一下火了，怒斥道："那他说什么了？"

那人唯唯诺诺，说："安康少爷说半个钟头后在水云间等您，跟您面谈。"

3

水云间大世界位于南泽城西北部，西苑路八十八号，是一间集电影院、戏院、餐饮、旅馆、酒楼、洗浴、赌场于一体的大型娱乐场所，也是南泽城有钱人光顾的场所。大世界的老板，就是"南泽酒王"莫大川。他之所以开这样一个娱乐王国，据说是因为有一次在某个浴池洗澡，觉得服务太差，气得不行，发誓要自己开一个。不到半年，水云间开张大吉。

很多知情的人都明白，莫大川之所以要开水云间大世界，很大一个原因是为了他那挥金如土、风流成性的儿子莫朝春。为了把他儿子牢牢看住，不四处惹事，他才在自家门口开了个什么都有的大世界，这样儿也就不好在外面乱搞。因为南泽你能想到的娱乐项目，水云间里都有，自己家有还去给人赚钱这不是傻子吗？

起初莫朝春觉得挺别扭，那感觉就跟带着女朋友在家里突然有个人闯进来一样，似乎一举一动都在别人的监视下。随着自己慢慢长大，父亲不再过问他如何在外面寻花问柳了。莫朝春去了几次水云间之后跟外面比了一下，也觉得自己家里开了这么个地方倒是方便。举个例子说吧，要是碰上爱慕虚荣的女孩子，总不能带她去父亲的酒厂，说："看！这是我们家开的，这些酒全都是我们家的。"要去的话还是带她去那种娱乐场所，容易让她产生她是女主人的错觉，防线也会松懈。

莫朝春一个人坐在天字一号包厢里，等着安康来。他愁眉不展，已经很久没有这么不开心过了，更是很久没有听人提起过杨彩薇。

其实无论什么时候，对于莫朝春而言，为女人烦恼都是非常正常的。他以前一直觉得父亲给他真的起对了名字，朝春朝春，朝着春天，那是千娇百媚，那是万紫千红。而一个个女孩子就像一朵朵花，只有在春天，才能展现她们的青春，夺目的美丽。当然莫朝春后来也渐渐明白，这世界上并不是所有的花都开在春天，总有这样那样美的或者不美的花，她们就是要绽开在夏天，绽开在秋天，绽开在冬天。

杨彩薇正是一朵绽开在夏天的野蔷薇，春天的时候她只是伸展藤蔓，亮出绿色的叶子。等到春天被太阳蒸发得无影无踪的时候她才愿意开放，淡红色地爬满整面墙壁。

这是莫朝春不愿意面对的隐痛。在莫朝春的心里，杨彩薇是那朵自己愿意用整个春天的花交换却得不到的花，有着这世上一切的色彩缤纷，一切的缱绻美好。莫朝春把这种美好这种痛藏在心里整整三年，现在却又突然翻涌出来。

彩薇，你到底怎么了？你还好吗？

莫朝春怅然若失。

安康开着自己的黑色轿车已经从七里站赶来，来之前他安排了人去四处打探消息。安康的心里隐隐地有些不安，因为这三年来，整个南泽实在是太平静了。

安康赶到天字一号包厢的时候，看到莫朝春像是失了魂一样，知道他又是因为杨彩薇，叹了一口气，说:"我来了。"

莫朝春见安康来了,冲他笑笑,招呼他坐下,吩咐人去泡茶。两个人三年没有见面,再见时彼此都有些激动,一番嘘寒问暖之后就讲起杨彩薇。

安康把从李如云那儿听来的说给莫朝春听,补充上花然没死,而花半王已经承认了杨彩薇确实在他那里,目前还算安全的细节。

050

莫朝春把事情的整个来龙去脉在心里过了一遍,想了一下,然后说:"可是彩薇怎么会跟花然在一起呢?还有,知道了花然没死,花半王为什么还是扣着杨彩薇不放呢,这没有道理啊?花家又不是那点医药费都出不起,非得拽着杨彩薇不放?"

安康说:"我也想到了,想不出合理的解释。你也知道,花半王以前跟彩薇走的并不近。难道三年前我们决定互不相见之后,他们两个之间发生了什么事?"

莫朝春说:"不能吧,花半王这几年专心在道上混,而彩薇在学校专心读书,他们两个没有交往。如果真的照你这么说,那真是不可想象,你知道吗?我一直觉得花半王像个炸弹,谁跟他走的太近谁就会有危险。"

安康说:"花半王是比我们冷酷一点,骨子里还不坏,这你也知道。"

莫朝春说:"好了,我们现在不是在讨论花半王,我们是在说彩薇这件事。她给那个叫李如云的纸条说自己很危险，说明她是知道自己的处境的，而她留下你的电话号码，是在暗示什么。"

安康说："意思是她希望我能去救她？"

莫朝春说："我看我们现在也别在这瞎猜了，我们赶紧去花半王那儿一趟。"

安康问："真的要去？"

莫朝春说："还等什么，先救了人再说。"

安康想了一下，对莫朝春说："你这有没有家伙？"

莫朝春说："刀有几把。"

安康说："那有个屁用，算了，先走再说吧。"

安康载着莫朝春在马路上飞驰着，他们直接去花半王的家，来个突然袭击，希望先把杨彩薇救出来。

莫朝春坐在副驾驶的位子上，望着这辆车，问安康，说："还是你原来那辆车吗？"

安康说："就是读书那会儿我开着的那辆嘛。"安康说到了这里，知道莫朝春忽然又想到了从前，他们共同的美好回忆，那回忆顺着倒后镜里面的公路连绵起来。

那时候他们开着这辆车，在学校操场上来回兜圈，惊动了整个学校。一群上体育课的男孩子课都不上了，像疯了一样跟在车子后面跑。他们开着这辆车，去五中帮忙劝架。杨彩薇说就跟电影一样，马路两边的人站成两排，他们从中间驶过，所有的人都屏住呼吸，知道大人物来了，原本要欺负花然的人一看吓得就跑了。他们开着这辆车，被警察王独眼追了整整七条街。当王独眼审问他们是不是偷了别人的车的时候，安康说我爸是安泽生，莫朝春说我爸爸叫莫大川，花半王和方桃都没有来得及说话，只见王独眼吓得一下子从椅子上站起来，头上直冒冷汗，马上又作揖又赔不是，话都说不利索了。

莫朝春说："这是陪我们穿过少年时光的汽车啊！"

安康说："是啊，那时候我们都还是孩子呢，没什么烦恼。生活过得很简单，简单最幸福。"

莫朝春说："人总是要长大的。"

安康点点头，莫朝春又问："你说要是当年那件事不发生，我们还在一起，会是什么局面？"

安康说："不知道，这不是能假设的事情。但有一点可以肯定，杨彩薇肯定不会出事，我们也就不用操心了。"

莫朝春说："是啊，这不是能假设的事情啊！过去的都是不能改的了，时光哪能回头！"

两个人不再说话。他们都非常清楚地知道，当初他们意气风发的少年时光，就如这说过的话，走过的路，遇见的人一样，一旦说出来，走过去，失去了，就不会有机会再来一遍。

4

到了花半王的家门口，两个人把车停好，向门房的佣人说明来意之后，便站在门口等。

谁知道花半王并不在家，出来迎接他们的是花半王的姑姑花白秀。花白秀刚到家，正想洗个澡休息一下，就有人来报说外面有两个年轻人要见大少爷。花白秀起初没在意，心想又是哪个小流氓来找花半王的，伸头往外望了一眼，看见了安康的汽车，全南泽市就这么一辆。她认得那辆车，是安泽生买给儿子安康做十六岁生日礼物的。她知道是安康来了，于是出来迎接，心里纳闷这小子来干什么？走过阳台的时候她往下又看了一眼，发现跟着安康来的竟是莫大川那个风流儿子，知道一定有事了。平时想请一个都难，今天两个人竟一起来了。

安康见花白秀出来迎他们，忙客气地说："花阿姨你怎么亲自出来了，我们是来找半王的，他不在我们这就走了。"

花白秀满脸带笑，说："这南泽还有什么能比二位少爷一起光临更重要的呢，我这个做长辈自然要出来迎接。来，快进来坐坐，喝口水。"

莫朝春这时候说话了，他说："花阿姨，我看改天吧，我们一会儿还有点事。"

花白秀说："你是莫大川的儿子小春吧，都这么大了，长得可真英俊啊。"

莫朝春冲她笑了笑，心里却是无比着急。

花白秀望了望安康，又望了望莫朝春，又说："今天阿姨做主了，无论如何你们都得随我上楼喝杯茶。"

安康与莫朝春对望了一眼，知道无法推辞，就跟着花白秀进到了花家大宅，上到二楼的客厅。

花白秀招呼他们坐下，花家的佣人把泡好的茶端上来，花白秀跟他们拉了几句家常，之后把话题一转，说："我们花然的事情你们都知道了吗？"

莫朝春望了安康一眼，安康给他使了个眼色，然后装作非常吃惊的样子说："花然，哦？出什么事了？"

花白秀听他这么一说，低低地叹了口气说："昨天晚上在黑珍珠夜总会，被人刺了一刀，到现在还躺在医院里生死不明。"

花白秀说着说着眼泪就要流出来，安康忙抚慰说："花然兄弟福大命大，肯定会逢凶化吉的。"

莫朝春也跟着附和说："是啊，一定不会有事的。只是不知道谁有这么大胆子，连花然都敢动。"

花白秀擦着眼泪说："昨天晚上半王先赶到出事的地方，凶手早就跑了。他问当时跟花然的那几个孩子，都说是一个二十多岁的男孩子，连长什么样子都没有看清楚。现在半王正差人四处去找凶手。"

安康跟莫朝春听到这里知道花半王是有意保护杨彩薇，稍稍安心了一些。于是两个人表示在各自的地盘留意凶手的下落。花白秀告诉他们花半王晚上可能会在兰花小馆请客吃饭，他们谢过了之后就起身告辞了。

　　走出花家大院的时候，莫朝春不经意地抬头看了看左边的阳台，他看到一个非常老的老人，挂个龙头拐杖站在那里，正望向他跟安康。莫朝春的目光碰上老人鹰一样锐利的目光的时候，突然觉得浑身不自在，简直是有点不寒而栗。

　　在去兰花小馆的路上，莫朝春跟安康提起这件事。安康说："不会啊，花家的男人就剩下花半王、花然表兄弟了，他父亲不是在我们毕业时死在东北了吗？也许是他家什么亲戚吧？"

　　莫朝春说那个老人真的很老很老，估计得有一百岁。

　　说到这里两个人迅速对望了一眼，安康说："该不会是那传说中的花老太爷吧？他真的还活着？"

　　"那真的成了人精了。"莫朝春打趣道，跟着又想到那双眼睛，那眼神真的叫人挺害怕的。

　　两个人到兰花小馆的时候花半王还没有到，问了老板知道他已经订了雅座，两个人来到雅座里坐下，点了两个小菜边吃边等。

　　大约五点半的时候听到雅座门外有动静，安康说："他到了。"

果然就听到门响，花半王带着一大帮人走了进来。

花半王中长发，穿一件淡蓝色的短袖衬衫，蓝黑色的笔挺西裤，黑色平头皮鞋。他一看到安康和莫朝春，说："你们怎么在这儿?"

安康笑了笑说："怎么着，就许你花大少在这儿吃饭，就不许我们这喝酒?"但看花半王一脸严肃安康只好收起笑脸，说："老二，其实我们是想来看看你的。几年不见了，也想找你聊聊。"

花半王扭过头对后面的一帮人说："你们先出去，我跟我的老同学说几句话。"

那群人退出去后，花半王关好门，说："你们两个难道忘了当初的誓言了吗?我们说好互不见面的。"

莫朝春说："要说违背誓言的，恐怕先是你吧。你不是早就见过杨彩薇了吗?"

花半王挪了一张椅子，正坐在莫朝春的对面，说："我是见过她了，怎么样?"

莫朝春一看他这个态度，有点恼火，刚想发作被安康一把拉住，安康说："老二，这可就是你的不对了。我们好心好意地来，是为了杨彩薇好也是为了你好。你知道的，非法监禁这可是犯民国法律的。"

花半王冷笑了两声，说："安康啊，你怎么也跟着莫朝春犯起傻来。你也不打听打听，花家有哪个人知道这'法'字是怎么写的。再说，你们凭什么就一口咬定是我监禁了杨彩薇，没准她是自愿的，非要跟我在一起的呢？"

安康说："那自然是最好，那你把她叫来，让我们见一面行吗？我们见一面，一切不就明白了。"

花半王说："你们不是刚从我家出来吗？怎么，没见着？"

花半王这么一说，安康、莫朝春心里一紧，原来刚才杨彩薇近在咫尺。可是安康跟莫朝春怕花白秀疑心，并没有提杨彩薇的事情。现在想来若在花家，编个理由，说不定就已经把杨彩薇给带出来了。

安康说："那我们现在再去你家一趟，去看看杨彩薇。"

花半王说："那可不行，我这一帮兄弟都在这呢。我看你们也别看了，赶紧回去吧，彩薇她好着呢，比任何时候都好。"

这时候旁边的莫朝春说："不行，现在就去，无论你有什么事你都得放下。"

花半王说："哦？我花半王什么时候开始要听你莫朝春的了？实话告诉你，我是不会让你们见杨彩薇的，尤其是你莫朝春，这辈子你都别想再见到杨彩薇！"

他的话刚说完就只觉得有个人"嗖"地向他扑过来，正是恼羞成怒的莫朝春。他一把将花半王从椅子上推到了地上，跌了个正着。花半王一骨碌爬起来，照着莫朝春的脸就是一拳，两个人扭打成一团。

安康忙上去把两人拉开，他知道，要是说打架，在南泽没几个人是花半王的对手。他们两个打起来，吃亏的肯定是莫朝春。而且花半王是出了名的手黑不留情，万一要是伤到了莫朝春，可真的就是出大事了。

安康抱住花半王，把他往门口拖，嘴里说："打什么打，大家朋友一场怎么自己打起自己来了！莫朝春，你快住手，有什么话好好说就是了！"

莫朝春这个时候脸上肿得老高，他双眼通红，像一只失控的野兽，一个劲地往上直冲。

安康只得站到他们两个中间，然后对花半王说："老二，你先出去吧。"

花半王倒是给了安康一点面子，一言不发地开门出去了。

莫朝春不顾一切地要冲出去，却被安康一把按在了椅子上，说："你逞什么能！你能打得过半王吗？你没看他还有一帮人在外面吗？"

莫朝春说："我就不信了，他敢在这儿把我给做了！我莫朝春长这么大，还从没人这么打过我！"

安康说："是你先动手的，这就是你不对。我就想不明白，大家过去都是好朋友，怎么就不能好好说话？你怎么到现在一提到杨彩薇还是变得不正常呢？"

莫朝春默不作声，他的脸上伤了几处，伤口渗出血来。

安康说："你先坐着，我出去看看。"安康还没出门，就听见门"咣"的一声被人踢开，花半王手下的人一窝蜂地冲了进来。

安康说："你们进来干什么？想造反啊？"

那伙人中有一个叫六斤的，是花半王的心腹，他说："安少爷，本来这是你们兄弟之间的事，我们不好过问。可是我们大少爷有伤在身，现在伤口裂开了。安少爷，你去看看流了多少血。我们现在也不敢怎么样，只是要留住莫少爷。要是大少爷有个什么三长两短，我们也好跟花家有个交代。"

安康冷笑两声，说："哦？看来今天你们是想闹事啊！我告诉你，我安康想带走的人，到现在还没有带走的。我现在就带着莫少爷走，你们谁敢拦着！"

安康说完挽着莫朝春往外走。莫朝春这时候冷静下来，知道离开这个地方才是上策，一声不吭没有再发难。

六斤一伙人真的没敢拦安康，安康挽着莫朝春从容地走出了兰花小馆。

安康叫莫朝春先上车，自己又折回兰花小馆，去看受了伤的花半王。花半王的腹部本来就有一个两寸多长的伤口，刚才一打架时裂开了，流出的血染透了半边衣服，安康说："老二，我先带莫朝春走，你赶紧去医院，今天这事儿以后我会给你一个公道，如果你还信得过我安康的话。"

花半王脸色苍白，点点头，说："你们走吧，没事儿，再怎么说我们也曾兄弟一场。"

安康点点头，说："那我回头再来看你。"然后吩咐花半王手下的人赶紧送他去医院。

　　安康驾着车带着受伤的莫朝春往水云间的方向开去。车子里，两个人一言不发，好半天莫朝春才咕哝一句，"这下好了，破相了。"

　　安康望着他，苦笑了一下，说："要不我先送你去医院看看。不过你看上去倒是没有什么，倒是老二，他肚子上本来就有旧伤，也不知道现在怎么样了。"

　　莫朝春不说话，闷哼了一声。

　　安康说："大家都是兄弟，你刚才做得不对。等你好点了跟我一起去看他，道个歉。"

　　莫朝春忽然提高了音调，说："那可不行！"

　　安康说："不行？你想怎么办？你难道还想跟他打一架，拼个你死我活？"

　　莫朝春说："对！"

　　安康望了莫朝春一眼，然后把车靠在路边，熄火。之后问："你刚才说什么？"

　　莫朝春神态坚定，一字一顿地说："这一次，我非要跟花半王斗到底，我倒想看看，在南泽这个地方，究竟谁才是真正的半王。"

　　安康怒了，说："你知不知道你在说什么？跟花半王斗到底？你凭什么跟他斗？你怎么这么糊涂！"

　　莫朝春被安康的话说得非常恼火，但又不好跟安康发作。他"啪"地开了车门，下车，然后对着车里的安康说："我的事情你少管，我要是死了，你最多帮我收个尸就是。"然后"哐"地关上车门，拦了一辆黄包车扬长而去。

从莫朝春得知杨彩薇是被花半王扣了的那一刻起，莫朝春就觉得自己被侮辱了，心里有股无名火在反复地灼烧。他那时候就恨不得把花半王抓来千刀万剐，除之后快。莫朝春的这种感觉安康并不能体会，他从来都不曾有过莫朝春这种强烈的感情，觉得有一个女子比自己的生命还要重要。

安康开着车一个人在马路上漫无目的地游荡，心情非常复杂。他根本没有想到事情会发展到这么一个不可收拾的局面，杨彩薇没救到，却让曾经是好兄弟的花半王、莫朝春大打出手。莫朝春更是信誓旦旦要跟花半王斗到底。关于杨彩薇与花然在一起的疑问没有得到解答，杨彩薇的安全、花半王的安全，以及莫朝春的鲁莽都叫人担心。安康觉得一切就像有人安排好的一样，命运为何总是如此捉弄人呢？他们本是决定老死不相往来的，因为杨彩薇，命运又他们连到一起，让他们摩擦，甚至是互相伤害。想到这里，安康突然有种不好的预感，他觉得，方桃的爸爸三年前说起的他最不想见到的事情，如今恐怕正在被人暗中操纵着，向危险推进着就像这夜色一样，会慢慢地不动声色地吞没一切。

第四章　花半王

1

五月六日的下午五点五十三分，杨彩薇在花半王的卧房沙发上百无聊赖地读一本叫做《大象旅馆》的书。整本书非常沉闷，看到二十页不曾换场景，到了四十八页不曾出现新人物，过了百页男主角总算是非常隐晦地跟他喜欢的女主角表达了爱意。杨彩薇想花半王平时怎么会读这么沉闷的小说，后来想想也不奇怪了。因为在杨彩薇的心里，早在十多天前，就已经把花半王这个人当做心理变态。

前天晚上花半王把她从黑珍珠夜总会带回来，一句话也不跟她说。既没有责怪杨彩薇为什么刺了花然一刀，也没有抚慰惊魂未定的她，只是叫她一个人睡卧房，把她锁了起来，然后自己到客房睡了一晚。

第二天一早，花半王把早点送了进去，杨彩薇还没来得及跟他说句话，他就放下东西，一声不吭地退了出去。等到中午，他又进来送午饭，杨彩薇一下跑到门口，堵住门说："花半王，你这是什么意思，你不管怎么样也得说句话啊！你到底想怎么样？"

花半王面无表情，一下就把杨彩薇抓起来，然后推到屋里，然后又退出去，最后终于丢下了一句话。

他说："我要软禁你。"

之后花半王就再也没有进来过，留着杨彩薇一个人在静得像太平间一样的房间里急得快发疯。杨彩薇并不知道在外面，李如云找到了安康，安康和莫朝春找到了花半王，更不知道莫朝春已经跟花半王开战了。她的周围一直都非常平静，这种平静让她感到无所适从，甚至是恐惧。她觉得从她再次遇见花半王的那个晚上开始，她的周围就充满了危机。她不知道是不是因为花半王变得叫她不敢相认的缘故，她觉得方桃的爸爸说过的一句话非常正确。他曾经说过，在他们五个人中，最容易改变也最叫人放心不下的，只有花半王一个人。

　　当杨彩薇发现花半王真的有所改变，不再是当日正义腼腆的少年，她想帮助他，帮助他回到从前的单纯。却没想到的自由受到了花半王的控制，她虽然想到或许安康可以帮助自己，但是她又无法找到安康。她等啊等啊，终于等到花半王那个混蛋表弟花然为了跟花半王示威，打她的主意并且把她偷偷带了出去，不想遇见多年不见的好友李如云。正是天赐良机，所以她留了纸条给李如云，希望安康能及时赶到黑珍珠夜总会，把自己解救出来。可是又阴差阳错被李如云给耽误了，她又落到花半王的手里。

　　现在她只好像笼中鸟一样生活，在房间里东翻翻西翻翻，看类似《大象旅馆》这样冗长乏味的小说，期待着门突然打开，安康突然英雄一般地出现或者花半王良心发现放了自己。可是安康一直都没有来，她等着花

第四章　花半王

半王送晚饭时把他拦住，再好好理论一番。

左等右等天都擦黑了还不见花半王身影，杨彩薇又饿又急，恨不得能长出一双翅膀飞出去。一直到八点，花半王还是没有出现，杨彩薇，在沙发上竟沉沉地睡了过去。

此时的花半王，因为失血过多正躺在医院的病床上输血。

杨彩薇做了一个梦，梦到自己初到南泽的时候，一个人在街上闲逛，看到一只特别好玩的小狗。于是她停下来逗小狗玩，玩了大半天之后觉得不对劲，仿佛有个人站在一旁一直看着她。杨彩薇抬起头，吓了一跳，一个男孩儿的脸离她非常近，但是她看不清楚这个男孩子的脸，一会儿觉得他像是莫朝春，一会儿又觉得他像花半王。她越看越害怕，直到那个人表情恐怖地冲她笑，然后向她扑过来，她才从噩梦中醒过来。

她醒过来时才想起来，那个男孩子其实就是花半王，他们第一次相遇确实就是那样。当时他们不知道会成为同学，并且相处得非常愉快。那时候的花半王还是个小男孩儿，看到自己时也是傻乎乎地笑，哪像现在这样阴沉与冷酷。跟着她又想到了莫朝春，这几年不知道他怎么样了呢？他是不是也变了，也变得自己不敢相认了呢？

杨彩薇不愿意再想下去了，她看看桌上的钟，晚上九点多了。她非常饿，鼻子却嗅到饭菜的香味，发现不知道什么时候有人把饭送进来了，她胡乱吃了个饱，看了会儿外国画报，又觉得无比寂寞。她躺在沙发上蜷成一团，不知道为什么思绪又带她回到看见花半王的那个雨夜中。

2

那个晚上下着很大的雨。十点多钟，杨彩薇打着伞从做家教的那个黄姓人家走出来。走到马坡塘时，忽然有个人从暗巷子里跑出来，迎面撞了她一下，把她的伞撞掉到地上，黑暗中杨彩薇觉得这个人的脸似曾相识，甚至可以说是非常熟悉。没等她回想起这个人究竟是谁，就发现暗巷子里冲出来一群杀气腾腾的人，手上都拿着刀。她这才看见刚才那个人手上也握着刀，而且似乎受了伤。她吓得本能地退到了路边，看着那帮人追着那个撞到她的人到了另外一个小巷子里。

他们离开好一会儿杨彩薇才想起，刚才撞到她那的那个人，真的是她无比熟悉的人。"唯有下城花半王"，那个人是她的中学同学花半王。

她突然不知道哪来的勇气，朝着小巷子走去。巷子里的那帮人早已经散去，杨彩薇看到花半王躺在那里，被雨淋了个透，身上流出的血把雨水都染红了一大片。

杨彩薇扔了伞，又是背又是拽，用尽全身力气才把没有知觉的花半王拖到了大路边，拦了辆黄包车，跟车夫一起把花半王抬上车，送到了医院。

事后，杨彩薇跟花半王说自己活了这么大从来没有这么勇敢冷静过，这样的夜晚将来也不会再遇上。花半王说："你可真是有勇有谋，女中豪杰啊！"

那天夜里，杨彩薇在医院的病床旁陪了花半王一整夜，直到第二天花半王的姑姑花白秀得知消息后，带了一帮人来看花半王，她才默默地离开。

走出医院的大门，杨彩薇有点莫名地难受。她想：花半王到底没有摆脱家族的束缚，拥有一个自己的、精彩的人生，他还是选择了在刀口上讨生活。

杨彩薇去看过花半王几次，觉得他们平日里做的事情、接触的人都不太一样了，有了很大的隔膜。唯一比较欣慰的是花半王到底还是非常怀念他们共有的那段感情。等到花半王渐渐好了，杨彩薇便不再去看他，一是觉得自己的生活挺好，不想有人打扰。二是不愿意见到花半王整天带着一帮人砍砍杀杀，再加上他们需要共同遵守的诺言，便跟花半王断了联系。

杨彩薇本以为从此她的生活会回到过去的平静，虽然这三年来她也曾怀念过与花半王、安康、莫朝春、方桃在一起那种张扬的少年岁月，只是她从一开始就明白，自己不属于那种生活。杨彩薇曾经与安康在一个夏天的夜里坐在操场上，她对安康说，她何止不属于这种生活，她简直就不属于南泽这个城市。

世界上所有的事情都是命里注定的，故事的结局早就是安排好了的。每个人都活在自己的那一段故事里，他们无论多么努力，多么小心，多么极力想避免故事结局的发生，他们也都无力改变什么，无法逃避，不可改变。所以杨彩薇越是不想再见到花半王，花半王反而在四处找她。

大约半个月前的某一天，杨彩薇照例从做家教的黄家走路回家，走到那天晚上救了花半王的马坡塘，在一棵大榕树下，碰见在那儿等她的花半王。

花半王伤没有都好，整个头被包得跟粽子一样，他蹲在那里，一地都是烟蒂，看到杨彩薇都忘了站起来。

杨彩薇看到他这样的打扮，禁不住扑哧笑出声，说："这么晚了你这副模样在这里扮鬼啊？"

花半王这才站起来，说："我在这等你，我又不知道你住哪儿，我都等了一个多星期了。"

杨彩薇说："一个星期前你就出院了？你疯了?！你知道我送你去医院的时候，你身上有多少个伤口?！"

花半王说："死不了就行，我其实只是想跟你说声谢谢，那天晚上如果不是遇见你，下那么大的雨，我肯定活不了了。"

杨彩薇说："我一开始也没想到是你，要不然早点冲过去，还能女英雄救美什么的。"

花半王说："现在还早，我们去吃点东西吧。"

杨彩薇说："去也行，不过吃了东西你得回家休息去。倒也不是因为你身体，只是你不要出来吓人。"

两个人决定到南泽大道后面的小广场去，那里聚集了很多路边摊，晚上非常热闹。两个人一路走下去，到一个云吞摊前坐下，要了两碗云吞。

花半王坐下，掏出烟点了一根。杨彩薇发现邻桌的人纷纷偷看他，再又看看花半王那样子，忍不住又笑了。

花半王说："你笑什么啊？老笑，你也不看我都这样了还想着你，出来找你呢。"

杨彩薇说："我又没叫你找我。你也是的，忘了当初是怎么答应方伯伯的了。"

花半王说："你就听那老家伙的，我真的是为了好好谢谢你，那可是救命之恩啊。"

杨彩薇说："怎么着，想报答我？那以身相许呀？"

花半王一听她这么说，就不知道怎么回答了，他本来就不怎么会说话，根本不是伶牙俐齿的杨彩薇的对手。

杨彩薇哈哈一笑，说："看你为难的，得，这顿你请，算你报答我了。"

两个人正说着话，摊主把云吞端了上来，他冲着杨彩薇笑笑，说："姑娘有阵子没来了。"

杨彩薇说："是啊，好几年了，你还记得我啊！"

老板说："是啊，那时候你跟一个男孩子天天晚上都来的，我记得特别清楚。"

杨彩薇"哦"了一声，不说话了，闷头吃起云吞来。

过了一会儿花半王说："他说的那个男孩子是莫朝春吧？"

杨彩薇叹了口气，说："不是他还能是谁。"

花半王说："听说他现在是他爸开的那个大世界的挂名总经理，而且他好像跟你一个学校。"

杨彩薇说："别说他了，怎么样跟我也没有关系。"

花半王说："好，那不说了。"想了想又问她，"对了，你现在有男朋友吗？"

杨彩薇说："没有。我的感情路上充满了坎坷与风霜。"

花半王说："我也没有，倒是有不少女孩子追我。"

杨彩薇说："那是，你别忘了你姓什么？"

花半王一愣，说："姓什么？"

"姓花啊，你不花谁花。"

花半王说："你别乱说，都是她们一厢情愿的，我可都没同意。"

杨彩薇说："这我信，你跟安康这方面都不错，哪像谁谁谁，简直就是花花大少。"

花半王跟着笑了笑，说："我知道其实你还想着他，对吗？"

杨彩薇说："你别说笑，他哪值得。"

花半王说："反正你自己最清楚。不说了，走吧，要不一会儿医院查房又找不到我了。"

杨彩薇说："你从医院跑出来的啊?"

花半王说："那我从哪来的啊，我这伤好得没有那么快!"说着花半王站起身来，到前面去付钱，在那儿站了一会儿又冲着杨彩薇说："我，我没带钱。"

杨彩薇一下乐弯了腰，说："你可又欠了我一顿啊!"

花半王说："我在前面等你。"

杨彩薇掏出零钱付钱，站起来的时候不经意看了一眼云吞摊子，忽然想到以前自己跟莫朝春在一起的日子。他们常坐的那张桌子，这么多年竟一点都没有变，只是空着的没有人坐了。杨彩薇觉得心里一阵难受，说不上来到底是什么样的滋味。

那天晚上以后，花半王开始有意无意地找杨彩薇出去玩。杨彩薇一开始一口拒绝，她当年也是答应了方桃的爸爸方书平从此五个人再也不见面的。但花半王找她的次数多了，杨彩薇也觉得有点不好意思，再加上她在南泽没什么朋友，寂寞得很，也就偶尔答应花半王出来走走或者吃点东西。在一起的时候，两个人经常回忆过去一起读书的日子，觉得非常开心。

渐渐地，杨彩薇从花半王身上发现了他三年的改变。他们读书那会儿，花半王虽然话很少，偶尔也会说个笑话逗大家开心。现在他的话虽然多了起来，却让人觉得每一句都是疏离和冷漠；以前花半王喜欢跟人打架，现在的花半王也打架，是为了地盘打，为了自己的权势打，也为了自己家族的延续打。花半王变了，他接手了家族的一切生意，成了继他太爷爷之后又一个在二十岁之前就担当花家事务的少爷。

对于从小在凶器、死亡、弱肉强食、胜者为王这样的环境下长大的花半王来说，有些东西已经成了本质，成了刻在骨子里的东西，杨彩薇知道这些根本无法改变。可是不管怎样，他们曾经有过的一段友谊才是他们心灵沟通的桥梁，杨彩薇始终都把花半王当成像安康、方桃一样的好朋友。

然而事情突然有了急转直下的改变，给了杨彩薇一个措手不急。即使是到现在，当所有的一切开始白热化的这一刻，杨彩薇被关在花半王的卧室里，她仍然对花半王那个晚上说过的话将信将疑，她也是从那天晚上开始，开始觉得花半王变得有点叫人害怕起来。

那天是四月二十二日，天刚刚有点热。晚上花半王约了杨彩薇去看电影，之后花半王送杨彩薇回家，杨彩薇看出他有点不对劲，于是问他："怎么魂不守舍的。"

花半王支支吾吾半天却说不出个所以然来。

杨彩薇平时最见不得别人说话藏头掖尾，一看花半王这样，急了，说："到底有什么事啊，你不说我可不要你送了，你以后也别找我了！"

花半王这才用蚊子一样的声音说了一句话。杨彩薇说："你说什么啊。"其实她听清楚了，花半王那句话是"我喜欢你"。

花半王说："没听见就算了。"

杨彩薇说："哦，算了就算了吧。"

花半王这时候却一把握住杨彩薇的胳膊，说："你做我女朋友吧。"

这下杨彩薇也愣了，一时间不知道怎么办好了，但是很快就反应过来，对花半王说："你晚上不是喝多了吧？知道自己在说什么吗？"

花半王说："我想了好久了，昨天晚上想了一整夜，终于下了决心了。"

杨彩薇一下慌了，说："你不能这么想，你知道的，我跟你是不可能的。"

花半王望着杨彩薇，不知道该说点什么，这时候杨彩薇从他的双手中挣脱开，远远地跑开，一口气跑回了家。

这之后杨彩薇躺在床上，回想起这件事，她感觉花半王并不是发自内心地向自己表白，他的眼神里不知道为什么，有一丝的愧疚与害怕。

杨彩薇忧心忡忡地过了一夜，担心有什么事情发生。第二天傍晚，花半王带着一群手下把她堵在了学校门口。花半王强行把杨彩薇带走，然后叫一个中年手下冒充杨彩薇的父亲给她去学校请了假。花半王把杨彩薇带回家，整日跟她形影不离，晚上还找女孩子陪杨彩薇一起睡，生怕她跑了。要是花半王有什么事要出去应酬，他也把杨彩薇带着，对外说这是自己的女朋友。杨彩薇想不明白花半王为什么要这样做，她并没有在花家里大吵大闹，她显得非常安静笃定。因为她明白，花半王无论怎么样都是不会伤害她的，等几天也许他就会放了自己，却没有想到这一等就是一个多星期。直到有一天杨彩薇跟着花半王一家人坐在一桌吃午饭，吃到一半的时候花然跟花半王不知道为了什么吵了两句，花半王当着花白秀的面，甩手就给了花然两巴掌，花然饭都没吃完气呼呼地走了。下午花半王出去办事，把杨彩薇留了下来，却让花然钻了空子，为了报复花半王，他决心动一动表哥的女人，就把杨彩薇从花家带了出去，这就有了黑珍珠夜总会杀人事件。

　　杨彩薇想到这里，觉得头疼欲裂，望望窗外不知道什么时候竟又下起雨来。她趴在沙发上，听那倾盆大雨落到地上的哗哗声，想就这样沉沉睡去，再不受烦恼的折磨，可是她的回忆像一辆开起来就不能停的火车，朝往事开去。她想起了更久以前的一些事，三年前他们在白云大桥上看烟花，然后彼此分手，发誓老死不相往来。再三年前他们曾坐在同一间教室，拥有一个共同的中学时代。

　　她并不知道，此时无论是躺在浴室里洗澡忘了时间的安康，还是把自己关在房间里谁也不想见的莫朝春，甚至是在医院里闻着药水味的花半王，还有远在上海，已经睡了一觉突然醒过来的方桃，他们在想着的事情，

其实都是那段难忘的岁月。

六年前。

一九三一年。

中四十一班（民国年间，高中一年级叫中四，高中二年级叫中五，高中三年级叫中六）。

第五章 五朵金花

1

望着手中的南泽一中中四十一班新生名单，班主任白老师可谓是喜忧参半。喜的是考试成绩第一的沈安石、第六的杨彩薇被分到了自己班，班上学生整体成绩是全年级最好的一个班；忧的是班上有两个校长特意安排的"特殊生"，其实这也没什么，学校每个班多少都有那么几个，可是这两个学生，花半王和莫朝春，却是特殊中的特殊。说的夸张点，这两家加起来，能抵得上南泽半座城。白老师一开始也曾找过校长拒绝接收花半王和莫朝春，但校长发话说这两家的家长是钦点了白志勇老师当班主任的。除非你不干了，要不然你就得把这两个孩子带到毕业。

白老师于是硬着头皮做起花半王、莫朝春的班主任。这三年能把两个纨绔子弟调教服帖那是万万不敢说的，只能对付着，三年内不出什么大事就行。而过了一年多开家长会的时候，白志勇老师又得知他一直呼来喝去的方桃竟是市长方书平之女，而那个叫安康的正是自己一直惧若妖魔的安泽生儿子的时候，他简直死的心都有。当他用颤巍巍的口气主持完家长会时，发现自己全身都是冷汗。白老师想，他这个诲人不倦多少年的好教师，恐怕要栽在这几个学生手里了，搞不好连命都没有。而那次家长会后，全年级到后来全校到最后整个南泽都知道，南泽家世最显赫的四个孩子像是约好了一样全部集中在南泽一中中四十一班，那个班的班主任，是白志勇白老师。

那时候四个孩子彼此并未熟悉，沈安石的藏名诗也没有创作，但你不得不承认的是，命运有时候像个拍电影的导演，会把所有的出名的演员集中到一起，大制作大影片，会叫周围的观众过足看戏的瘾。

<h1 style="text-align:center">2</h1>

花半王一进到教室里，一眼就在一群女孩子中看到了杨彩薇。并不是因为她特别漂亮，叫人眼前一亮，而是他在几天前曾经见过这个女孩子。

那天他路过后街，看到一个女孩子蹲在路边，穿个月白开衫，在那儿逗小狗玩。

他盯着她好久，觉得从来没有见过这么清纯、仿佛天使一样的女孩儿。

造化弄人，现在他们居然进入了同一所中学的同一个班级，要在一起度过一生中的一段时光，只可惜杨彩薇好像并不记得那个干燥闷热的夏日午后。

3

杨彩薇清楚地记得，开学第一天的下午，花半王就跟班上的同学打架了。

整件事情杨彩薇都看在眼里，他们新生刚报到，没有安排座位，按照进教室的顺序随意坐。花半王当时坐在杨彩薇的右手边那一列，是倒数第三排。花半王后面的两个男生议论班上同学，说到一个女生的时候讲了非常猥亵的话，花半王听见了，他一下火了，掀了桌子，把两个男生按倒在地，两个男生并不知道他是花半王，更不知道他家的背景。男生好面子，并不示弱，于是两个人与花半王一个人打过来，三个人扭打成一团，之后白老师赶到，喝退三人。

白老师非常之气愤，开学第一天就打成这样，三个人全都挂了彩。本想先骂一顿，再做严厉处置。一想还是先问问打架的都是谁。一问才发现刚才真是悬，当中果然有那个叫花半王的特殊生，于是他连原因也没问，简单责骂了几句之后就叫他们各自走人了。两个男孩儿吃了亏，本不肯善罢甘休，但想想两个人加一块都打不过人家，也就咬咬牙算了。以后过了一个多星期，花半王跟中六的一伙流氓干了一仗之后，所有人都知道他原来就是花家的大少爷，便再也没有人敢跟他有一点点摩擦了。

开学的第一天，杨彩薇觉得花半王还是很有正义感的。那时候，安康躲在瞧热闹的人群里冷笑；方桃觉得这个一人打两人的男孩子挺英俊潇洒的；而莫朝春，因为要送一个女孩子去别的学校报到，根本没有来学校。

4

中四十一班全班同学包括白志勇老师，对莫朝春这个人最初的印象都停留在开学第二天的第一节课上。按照学校规定的作息时间，他整整迟到了一个钟头又十分钟，但是他非常从容，气定神闲地推开门，大摇大摆地走到教室里，然后旁若无人地走到最后一排一个空位上，坐下。

很多人后来说起这件事，都记得他当时穿了一件花衬衫，灰蓝色格子西裤，一双皮凉鞋。

白志勇老师简直是要气炸了，他教书这么多年，从来没有见过哪个学生这样随便这样不讲纪律，尤其是老师还在讲台上站着的时候。刚才点名他知道这个男孩儿就是"南泽酒王"莫大川的独子莫朝春，但是他还是决定来个下马威，于是他停下刚才的话题，说："刚才进来的同学，请你站起来一下。"

莫朝春一开始没有任何反应，直到他发现所有人的目光都朝着他望过来时，他才弓着身子做半蹲状，然后指了指自己，说："你叫我啊？"

这一下全班哄笑了，白老师示意安静之后，朝着莫朝春说："对，就是你，现在请你站起来，走到门口，然后喊报告，等我同意了再进来。"

莫朝春听了"哦"了一声，真的傻乎乎地走到门口，然后喊了声报告，白老师想他还真听话，于是说进来，看着莫朝春走进来，走到自己的座位坐下，一副悠然自得的样子。

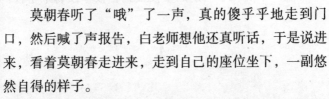

过了一段时间之后，大家发现莫朝春是个什么都不在乎的人，活得比谁都潇洒。又过了一段时间，谁也不记得他的潇洒，只要一提起"莫朝春"三个字，那简直就是"色狼""淫魔"的代名词了。

开学第二天的时候，杨彩薇觉得莫朝春这个人挺奇怪的，哪有人像他这个样子自由散漫的；安康想在这读书可有点意思了，这个人没准以后能成为自己的好朋友呢。花半王跟方桃是相反的两种态度，花半王认为莫朝春是个哗众取宠的丑角，是最欠打的那种；方桃一下就被这个男孩子吸引住了，她觉得莫朝春浑身上下都充满了魅力。

5

莫朝春真正在学校成名还是全校各年级各班会操的

时候。第一天，莫朝春觉得全校学生会操一定有点意思，但第一天就受不了了，九月的南泽仍然热得怕人。他想了一个办法，他跑去医院在胳膊打上石膏，用绷带把胳膊吊了起来，骗过了包括白志勇在内的所有人。这样一来莫朝春便再也不用在太阳底下又是踢腿又是甩胳膊的了，他每天都坐在操场的一片阴凉下，像来视察的高官一样从早看到晚，看看学校里有多少美女。而所有人也都看到了每天都有一个穿一件仿佛美军夹克衫的新生，坐在阴凉下，一天能喝八瓶清暑茶。

　　这段时间里，莫朝春发现班里有几个女孩子长得不错，其中一个叫杨彩薇的，简直是把他以前见过的女孩儿都比了下去，美得跟仙女一样。还有一个叫方桃的，也是特别招人喜欢，特别有味道的那种，他本来想找个机会搭讪一下，却没想到一个傍晚，方桃却主动找他搭起话来。

　　说起来还得感谢那个假石膏，有一天放学之后，莫朝春不知道为什么没走，坐在座位上在发呆，这时候方桃跟着一个女孩子走过，不小心撞到了他打石膏的胳膊，跟着方桃的女孩子连忙说对不起，方桃说："你别理他，他的胳膊根本没事。"

　　那个女孩子说："不会吧？假的？"

　　方桃说："不信我们问问他。"她走到莫朝春面前说，"小子，你这胳膊没事吧？"

　　莫朝春不理她，就跟没听见她说话一样。

方桃走近一步，对着莫朝春的耳朵说："我跟你说话呢，你听见了没有啊，你这个人怎么这么没有礼貌啊？"

莫朝春懒洋洋地说："你叫的是小子，我叫莫朝春。"

方桃想这小子倒挺会讽刺人的，这不显得自己反而没礼貌了吗？她笑了笑，说："同学，我们想知道你胳膊是不是没事？"

莫朝春说："这又不是残疾人学校，我的胳膊当然没事。"

方桃看他说了，跟那个女孩子说："你都听到了吧，我说他没事吧。"然后搡着那女孩子出了教室，再也不理莫朝春。

过了很久很久以后，他们两个成了爱在一起斗嘴的好朋友，没事儿的时候，方桃爱把胳膊弯在胸前，说："我胳膊又断了啊！"常常把花半王、安康他们逗得哈哈直笑。

6

学校会操结束之后没几天，花半王跟中六的一伙坏学生结结实实地打了一架，一战成名，从此学校里无人不知无人不晓他的家族背景，他也得到各个年级一些女生的青睐，背地里说花半王是南泽一中最神秘的男孩儿。

在学校里，高年级的学生欺负低年级的学生，尤其是才入学的新生这是司空见惯的，他们管这个叫"第一堂课"，其实就是下马威，告诫新生要老实，要尊重高年级的自己。南泽一中中六那群浑小子"清扫"到十一班的时候，一眼就看到喜欢板着脸、一脸阴沉的花半王。在一天晚自习之后，他们截住了花半王，要在操场上教训教训他，本以为这个中四新生是屁都不敢放一个的，却没想到几个人没说两句，花半王是抢拳头就上，把那三个人是一顿好打。

第二天整个学校流传昨晚发生的事情，一个中四新生把三个中六生打得跪在操场上学狗叫。这下一下惹怒了整个中六，也惹怒了南泽一中另一个著名人物，中六八班的校霸黄黄。他带领着整个中六的男生发誓非要给花半王好看，他们准备好家伙，在一个下午上课前簇拥着跑到了花半王的教室，指着花半王的脑袋要他出来去学校后门的暗巷子里。花半王非常笃定地从椅子上站起来，跟着他们出去。当时班上还有一个人跟着站了起来，那个人就是安康，他跟着花半王然后拍拍他的肩膀说："走，一起去。"

花半王是江湖气非常重的人，看到眼前这个男孩儿如此仗义，心里是一热却又说不出什么感谢的话。那时候他还不知道安康叫什么名字，安康也并不知晓他是花家的人。后来说起此事，安康只说大家都是同学应该的，说得无比简洁自然，叫人暗暗在心里竖大拇指。

那天他们跟着黄黄到了暗巷子之后，由于对方来了二三十人，两个人寡不敌众吃了亏，等到黄黄那群人教训够了，两个人站起来你望望我，我望望你，笑了。

安康的伤比较重，眼角被人用铁棍砸了一下，眼睛肿得都睁不开了。花半王虽然没什么大伤，可是全身上下也是青一块紫一块的，两个人回到教室，在全班同学的注视下平静地坐回自己的座位上。上了课之后两个人各自打着小算盘，安康想这个仇是一定要报的，但是不能在学校里，他想回家去找人在校外打黄黄那几个带头的一顿，叫他们来跟自己和花半王认个错也就算了。花半王本不是那种以强凌弱，以多欺少的人，只是这件事情牵扯了安康，人家为了自己受了伤，他于是决定找人来在放学的时候跟中六的人做个了结。

同一时间，杨彩薇觉得这个班级充满了危险，刚开学没几天，就打成这样了，以后还不定发生什么事呢。莫朝春跟方桃都在犹豫要不要帮这两个同学出头，没想到自己还在犹豫的时候，花半王轻而易举地把整个中六都摆平了，轰动了整个学校，所有人都知道了他原来是花家的大少爷。

第四节课的时候花半王缺课了，他一个人跑到中六年级的那幢楼，找到黄黄的班级，然后当着授课老师、全班学生的面，冲着黄黄说："放学留下来，我找你。"

说完掉头走掉。

所有人都愣在那里，还以为自己是在看电影，连黄黄本人都没有想到，这个中四的小毛孩子竟然这么胆大与放肆，竟然这样公然地跟自己下战书，也不怕被学校处分。他心里想这小子是活得不耐烦了吧，这不明摆着找揍吗？

没想到放学的时候，黄黄一听人说学校门口的情形，吓得躲在教室里，连校门都不敢出。他的一个同学描述说，学校门口通往马路的小路，两边几乎站满了人，千姿百态，全是帮派流氓，估摸着得有百十来号人。

黄黄一听当时就傻了，他何曾见过这样的阵势。事后就是在这种环境下长大的安康提起，也说这样的大场面并不常见，他在学校门口看到这种局面的时候，心里一下明白这个花半王肯定跟花家有关系，搞不好花半王就是花旭东的儿子。这时候他反而同情那个叫黄黄的来，他毕竟只是个有点痞的学生而已，可是花半王则是天生的混世魔王，这下惹到了他，真的是要吃不了兜着走。

黄黄吓得让同学给自己找在外面混得小有头脸的舅舅赵波，叫他来帮忙摆平这件事情。赵波赶来了之后在学校门口竟遇见了南泽黑帮一个神龙见首不见尾的传奇人物崔老四，这个崔老四许多年前当赵波还是个小混混、外号叫"巴掌"的时候就已经是大哥级别的人物。

赵波上去搭讪，一问之后吓出一身冷汗。原来自己外甥把南泽最大的帮派势力花掌门人花旭东的儿子打了，而崔老四是花旭东的结拜兄弟，这会儿是现身了事来了。

黄黄看到舅舅来了，以为救兵到了，马上耀武扬威地走出校门，望见蹲在一旁不出声的花半王正要发难，他舅舅一巴掌将黄黄扇倒在地，然后说："你胆子也太大了，连花家的人你都敢动，你有几个脑袋你？还想不想在南泽混了？"然后上去一顿拳打脚踢，把黄黄那帮兄弟看得眼睛发直。

崔老四说："既然是你'巴掌'的外甥，我就给你个面子，交给你处置。"然后问花半王，"你觉得如何？"

花半王说："崔四叔怎么说怎么好，我听你的。"

赵波一看崔老四这么说，先叫黄黄给花半王道歉，然后叫黄黄跪在学校门口，他一巴掌一巴掌地扇。黄黄这时候已经吓蒙了，根本就没知觉，就跪在那里让舅舅打。赵波左一巴掌右一巴掌也不知道打了多久，直到黄黄满嘴冒血，面目全非。

花半王这时候说："算了吧，就这样了。"

崔老四叫赵波停手，说："这件事情既然我们少爷说算了就了了。我不希望有第二次，否则就不是简单扇两巴掌这么简单了。现在马上给我消失。"

那天杨彩薇走得早，没有看到这惊心动魄的一幕，后来同学跟她形容说简直是太刺激了，黑社会大火拼。

当时里三层外三层的到处都是人，放学的学生，小混混，学校的老师，卖东西的小贩，以及被吸引来的路人，还有站在一旁冷冷看着却不来管的警察，全都待在那里。直到花半王上了崔老四的轿车扬长而去时，所有人才像猛地从梦里醒过来一样。

安康和莫朝春也在人群中看到了这一切，这种场面也不是见到一次两次了，但知晓了这个叫花半王的同班同学的家族背景，想着以后还要谨慎点跟他相处。

只是当时他们三个人中的任何一个都没有想到，六年后，在四平街，因为他们三个人，发生了日后成为传奇的惊天一战，整个城市都为他们疯狂。

7

新生入学没多久，中四的男女同学互相熟悉，逐渐形成各自的朋友圈子。没事时，三五成群的女孩子悄悄议论学校里的男生，男生更为公开评价各年级的女孩儿。最后，中四各班的学生心目中的校草校花居然都落在了中四十一班，校草是莫朝春，校花叫杨彩薇。

莫朝春懒散的行为举止简直可以说是个另类，还被传为"南泽一最"最花心，但他确实是个美少年，家里又有钱，一身的洋服西装，是很多女孩子喜欢的类型。加上他的身世背景，好多女孩子一听莫朝春是

"南泽酒王"首富的儿子，自然对他青睐有加。

　　没有人知道杨彩薇从何处来到南泽，她像是仙女下凡一样，是上苍对南泽一中男生的恩赐。学校的男孩儿都在传说杨彩薇的头发有多么黑，身上有多么香，说起话来像唱歌一样好听。男生们会在饭堂、操场，以及学校的每个每一个角落突然惊呆，他们看到了杨彩薇，就像看到自己的隔世情人。

　　学校里一些经常逃学的学生，一反常态地每天按时来上学，就是为了在学校能不经意遇见杨彩薇。过了好几年，学校里的留级生听到有人夸新来的女生谁谁漂亮的时候，会惋惜地摇头说："你们哪知道什么叫美女，这跟杨彩薇哪有得比？"

　　同年级学生暗中选校草校花的事情也传到了两个当事人的耳中，莫朝春是无所谓，反正从一出生他就是被人捧着，记事以后也不记得多少人夸过他好看了。杨彩薇刚从桃花镇来南泽，涉世不深，觉得有那么多同学用羡慕的目光看着自己，挺高兴的，别的没有多想。没曾想过以后学校里有一些的男孩子为了自己打架，很多人对她来说完全是的陌生人，恐怕这辈子没机会说上一句话。

　　安康后来说，那时候他回家的以后，忍不住跟自己的姐姐们说班上有个美得不行的女孩子。花半王则说自己那时候对女生完全是免疫的，只分认识和不认识的两种。方桃说，开始可妒忌杨彩薇了，当发现杨彩薇是个单纯善良的女孩儿时，就把她当成了姐妹，到后来，简直是喜欢死了杨彩薇。

8

中四十一班有个女生叫朱小丽，开始的时候与方桃是同桌，两个人相处得不很愉快，朱小丽看方桃瘦瘦小小，整天笑嘻嘻地，以为她好欺负，便乱动她的东西，说些难听的话刺激她。方桃想大家都是新同学，熟悉了之后会好起来。没想到朱小丽变本加厉，恨不得天天骑在方桃头上。

方桃忍无可忍，故意把一个本子丢在了课桌上，爱翻别人东西的朱小丽看到了，便拿起翻看，上面记有电话号码，那时南泽家里有电话都是什么人啊！全都是南泽显赫的达官贵人，更让她吃惊的是，市长方书平的电话赫然列在首位，市长姓方，那么也姓方的方桃十有八九是市长大人的千金小姐了。

这之后，朱小丽开始讨好方桃，整日巴结她，把方桃当成自己的密友。方桃表面上跟她挺好，心里非常厌恶这个人。当学校里的男生把杨彩薇说成天女下凡的时候，朱小丽开始把枪口对准了杨彩薇。她整日在别的女孩儿面前说杨彩薇的坏话，说她是狐狸精，是骚货，专门勾引别人的男朋友。方桃跟她是同桌，听的最多。有时人说谎言多了就像真的了，朱小丽又说得有板有眼，好像她亲眼见到一样。方桃开始对朱小丽的话不大信，听多了渐渐觉得杨彩薇是一个很烂的女孩子，是那种工于心计、装纯洁的那种。

一天，隔壁班的两个男生为了杨彩薇打了起来，其中一个是朱小丽心仪的白马王子。朱小丽压抑了许久的怨气终于爆发出来，她纠结了一些平日里嫉妒杨彩薇的女孩儿，要给杨彩薇一个好看。周日的时候，她们约毫无戒备之心的杨彩薇一起到郊区的小山郊游，方桃也跟着去了，中午的时候，所有的人不声不响地回城了，把杨彩薇一个人留在山上的一片杏树林里。方桃想阻拦她们这么做，又因为对杨彩薇没什么好印象就没管，事后她有些不安，害怕杨彩薇出事。

星期一上学的时候，方桃刚到教室还没坐上板凳，杨彩薇就过来拉住她的手说："看到你真是太好了!"方桃刚想说"你昨天怎么一个人走丢了，我们都担心死了"这样的话，就听见杨彩薇说："我昨天以为你们遇见危险了，害怕死了，到处找也找不到，哭了半天，天快黑了的时候才往城里走，一个晚上都在担心着你们。"

方桃有点愧疚，说："你等我们到天黑？那都没车了，你怎么回来的呢?"

杨彩薇说："我在路边拦了一辆运货的马车，天黑后才回到城里。"

方桃说："我们找不到你，以为你先走了呢，是我们不好。"

杨彩薇呵呵笑了笑说："也不能怪你们啊，怪我自己乱跑。"

通过那次事情，方桃觉得杨彩薇不像是朱小丽所形容的那种人，她更多表现出的是单纯善良。

几天后发生的事情，使方桃喜欢上了杨彩薇，两个人成了闺中密友，这也是杨彩薇后来会成为"五朵金花"的契机。

事情很简单，因为背书，老师留了一部分学生在教室背书，说不背完不让回家吃饭，杨彩薇和方桃也在其中。杨彩薇是小组长，要等着所有的人背完书才能走，方桃背书一直都是不行的。最后就剩下了她们两个人，老师叫杨彩薇先走，让方桃什么时候背完了什么时候走。

方桃一直到下午还是不能背出，又急又饿，委屈地直掉眼泪。她没想到，杨彩薇这时又回到了学校，给方桃带来了饭。杨彩薇带来的饭犹如雪中送炭，让方桃异常感动，她虽然见惯官场上人情冷暖，说到底仍然是个小女孩儿，容易被身边的小事打动。过了好久，莫朝春有时还开玩笑地对方桃说："你看，我家的彩薇用一顿饭就把你的给收买了。"

人生就是这样，有缘分的，绕了地球一个圈还是会再见面；没有缘分的，一辈子擦肩而过也不会有认识的那天。只是每个人都曾问过自己，上苍叫我认识这个人，究竟是想叫我高兴，还是叫我伤心呢？这是个没有答案的疑问，每个人最后都会这样回答。

在我的故事中，方桃跟杨彩薇是遇见了，成为了好朋友，在一起过着非常难忘、非常快乐的时光。她们的后来却痛苦地离别，发誓不再来往。方桃离开了令她伤心的南泽，过了三年再回来的时候，竟然连杨彩薇的面都没有见到。

9

你所经历的，将成为过去。
你所记着的，早已经失去。

10

故事记述到这里，我正好二十八岁。作为一个旁观者，我一直以平和的心态看待发生的这一切，几个命运各异的美少年，这段时光犹如电影回放一样。

我不知道是不是应该让方桃讲述下去，自从她回忆起中学时代，我就莫名地感觉到一种无法言语的悲伤，这种悲伤伴随着往事的一个个片段，一幅幅画面愈来愈强烈。

我知道，当一个人开始不断地回忆过去，一定是他已经失去了这回忆中里的一切。

关于南泽，关于南泽一中，关于他们五人在这个城市的一切，方桃早已经失去了。所以，她给我讲述，她需要的不是别人的倾听，而是自己讲述的过程。她讲到莫朝春眉飞色舞，讲到安康表情温馨，讲到花半王时又爱又恨，讲到杨彩薇变得那样黯然。

我觉得他们每个人都活在我的周围，抬眼就能看见。有时候我会想一个人去一趟南泽，看这个城市，看南泽一中，看四平街，看南泽大道。到他们去过的地方走一走，坐一坐，让时光倒流，他们五个人仍然并排走在白云大桥上，影子被路灯拉长。

我怕，我甚至不敢再听下去，不想被方桃隐藏在内心里的那颗悲伤子弹击中。我知道，我是一个观众，故事如同已经拍摄完的电影，结局已经注定，我只能跟在后面喜了悲了哭了笑了，只能如此。

方桃说："你一定要听我讲完这个故事。"

这个故事藏在她心底深处，成了隐痛，可她愿意把它重新提起，把记忆碎片一点点拼凑起来。我知道她要具有莫大的勇气，同时承受无尽的痛苦。

方桃说："你要把我讲的故事记录下来，让看到这个故事的人能记得南泽……"

那天晚上，我陪着方桃坐在家门口的台阶上，坐了很久。我爱着方桃，犹如莫朝春爱着杨彩薇。我决定陪着她走完这段回忆之旅，然后带着她回到现在来，回到上海，回到我的身边。

方桃又带我们来到了故事开始的时间，一九三一年。

花半王、杨彩薇、安康、莫朝春、方桃，他们被命运的绳索牵引着，开始慢慢交汇到一起。

最早成为朋友的莫朝春和安康，他们俩在一次酒宴上相遇，从喝酒开始了少年的友谊。白老师担心花半王的同桌被他欺负，便让安康跟花半王做了同桌，两人并肩与中六的学生打过架，坐在一起自然话越说越投机。莫朝春、安康、花半王三个人，成了形影不离的朋友，成为一个小团伙。

中四下学期，莫朝春开始向方桃献殷勤，发毒誓若是一个月不追上就学小狗在教室门口爬三圈。结果莫朝春没有成为方桃的异性朋友，却变成无话不说的好朋友。

方桃跟着莫朝春在一起的时候，旁边少不了安康和花半王，她也不忘带上情如姐妹的杨彩薇，彼此之间熟悉起来，到了后来，好得像是一个人。他们之间的这种关系，一直保持到中六毕业他们发誓互不往来为止。这当中发生了无数或大或小的事件，很多方桃都无从记起。

学校里有不少女孩子给花半王和莫朝春写情书，同是英俊潇洒的安康却没有引起女同学的兴趣。五人在一起闲聊得出结论是，安康的学校生活太普通，普通得引不起别人的注意。这个结论大大刺激了少年时代的安康，他好歹也是"一站之长"。安康过完生日的第二天，开着他爸爸送给他的新汽车来到了学校。

崭新的轿车从学校门口的小路上一路开过来，引来无数艳羡的目光。当安康把车开进学校操场时，这个"庞然大物"竟让好几个班的体育课没有上成。整个学校都轰动了，从此知道中四十一班除了莫朝春、花半王还有安康这号人物。

没过几天，有些漂亮的女生晚自习后约安康出去散步，安康统统回绝，好不潇洒。

一九三二年初夏，白志勇老师到方桃家里家访。他按地址找到方桃家，在市政府旁边儿。门的上方有大大的"方宅"二字，定睛一看门口还有警察站岗，非常疑惑，以为找错了人家，没敢进。

回到学校，白志勇老师问方桃："你家在市政府旁？"

方桃应了一声说："是啊，我住在那里。"

白志勇老师一下子想起市长就叫方书平，便试探地问："听说你父亲在市政府工作，叫什么名字啊。"

方桃说："我爸爸叫方书平。"

白志勇老师这才知道在学校从不显山露水的方桃，竟是南泽最有权势人家的孩子，从此对方桃的态度大为转变。

一九三二年的南泽学生流行过外国的圣诞节，不少男生给杨彩薇送礼物。两个不同年级的男生因为这事儿发生了争执，后来演变成两个年级男生的斗殴，几十个男生在操场打成一团。

花半王、安康儿人一边瞧热闹一边评说事态的走向，杨彩薇要过去劝阻，方桃拦住她说："多好啊，让他们自己得个教训，整天缠着你烦不烦啊。"

这场群架结束后，大多数人都挂了彩。第二天，学校尽是脸上缠纱布的、贴膏药的，走路一瘸一拐的男生，这下，连南泽市其他学校的男生也知道一中有个杨彩薇了。

一九三二年的冬天，花然在学校里闹出事来。对方找来了百来号人聚在学校门口，放出话非要花然留下一条胳膊不可。那一天，安康的汽车，载着他们五个人一起驶到花然的学校。车门打开的时候，在场的人都被吓住了。对方一开始只见到阔少莫朝春，还准备顽抗，等到安康下车的时候心里凉了半截，再看到安康身后的花半王，简直是要魂飞魄散，赶紧带着自己的人开溜。

这件事，让南泽各所中学的男生们津津乐道。以后，不知道是谁说他们五个人是"五朵金花"。

一九三三年初，莫朝春突然宣布一件惊世骇俗的消息，他与杨彩薇正式开始交往，从此在外再也不花心了。这件事出乎很多人的意外，包括亲如兄妹的安康、花半王和方桃。

他们两个是如何成为一对恋人的一直是个谜，杨彩薇没有说过，莫朝春也没有说起过，只知道莫朝春为了这份情感为了杨彩薇真的改了很多纨袴子弟的习性，一下成了许多女生要求自己男朋友效仿的榜样。

莫朝春与杨彩薇的恋爱持续了三个月，之后莫名地分手。再后来，发生了一件影响了五个人命运的事，他们第一次感到对这个世界对现实的无奈，被迫分手。再之后，中六毕业，五个人回到自己的生活圈子，各奔前程。

"五朵金花"在这南泽中学几年里，少年是如何意气风发，少女是如何娇艳如花，他们在一起的时候简直拥有世间的一切美好，一切幸运，一切幸福。

方桃说，那时候他们简直就像是天之骄子、造物主的宠儿，活在光环之下。只是那时候每个人都不曾想过，造物主想成就你或者毁灭你，很可能只是凭着一时高兴而已。

一九三三年春末，五个人经历了一件非常可怕的事情，这件事情是他们后来一切痛苦的根源。

花半王过生日，选择了七里站的一个叫"青庐"的酒馆。那天五个人先是在花园酒楼喝了酒，又来到了"青庐"。莫朝春在花园酒楼就喝多了，从前阵子跟杨彩薇有点小误会开始，他一直闷闷不乐。杨彩薇整日躲着他，不跟他见面，他自己则什么事都不想干，整天像个游魂。今天花半王过生日，总算是见到了杨彩薇，可是杨彩薇对他不理不睬，仿佛路人，所以就喝多了。

到青庐之后，杨彩薇提出要回家，被安康劝住。进了包厢，莫朝春又叫了红酒，花半王过生日大家都很高兴，几巡酒喝下来，连方桃都喝得有些晕晕乎乎的。中途，杨彩薇去洗手间，半天不回。安康出去寻找，发现杨彩薇被一个衣着光鲜的男青年缠住了。安康见那人喝多了，满脸通红，举止猥琐，嘴里不停地对杨彩薇说着下流混账话。安康上去一把推开他，那人见安康要坏他的好事，就朝安康扑了过去，两个人扭打在一起。

100

花半王和莫朝春听到外面有动静，出来一看安康和一个陌生人正在打架，便上去帮忙，三个人把那人一顿好打。

男青年挨了打，死不叫饶，还大声呼喊自己的同伴出来帮他。他的同伴围过来，却没有一人上前，因为其中一人就住在七里站，认识安康。

如果这个男青年不喊他的同伙，就没有后面的事情的发生。但是他又喊又不求饶，惹怒了花半王。花半王把他连拽带拖弄出了青庐，安康、莫朝春跟在后面，四个人在后街一排黑洞洞的商铺房前面停了下来。

整件事情前后不到十分钟，充满了许多的巧合，像是一切早有安排。如果那天花半王出门的时候不带那把枪，或者他们三个没有喝那么多的酒，甚至说杨彩薇不是那个时刻去洗手间被日后知道叫张长年的那个男青年缠住，那么一切都不会发生，五个人的故事也就会继续下去，而不是短短三年后惨淡收场。

但是以上的假设是虚妄的，事实上，花半王摸出枪吓唬那人时走了火，子弹偏偏打中了他的脑袋，血和脑浆溅到一间商铺的木板门上，很多天后还看得见。

枪响后，三个人的酒都醒了，一时愣在那里。听到赶来的方桃跟杨彩薇一阵尖叫，他们才一起跑着离开。五个人气喘吁吁地上了车，车子在路上跑了一会儿，他们才开始意识到，这下闯了大祸，杀人了。

汽车在路上漫无目的地开了好久，谁都没有说话。五个人不敢回家，一起来到莫朝春家开的大世界。

这时，安康冷静下来，说："大家都不要怕，事情已经发生了，现在要想办法如何解决。"

莫朝春说："这可不是小事，死了一个人，我看花半王先到外面躲一躲。"

安康说他以前有个叔叔也是杀了人，后来他父亲不知道托了什么关系，竟然不了了之了。方桃说："那我们一起去求你爸爸帮忙。"

安康说："不行，我父亲知道了会杀了我的。"

杨彩薇说："去自首吧，也许处罚会轻一些。"

莫朝春说："你疯了啊，持枪杀人是要偿命的。"

花半王一直没有说话，他心里有些害怕。他从小在帮派里长大，打打杀杀的事情见得多了，这次却是自己第一次杀人，心里的滋味就不一样了。他心里乱成一团，一点解决的办法都没有。

五个人第一次感觉到自己的渺小，发现自己其实一点力量都没有，一点处理事情的能力都没有，开始意识到自己到底还是个孩子，这个世界并不是属于自己的。

　　天亮的时候，他们各自回家，决定找家里的长辈帮忙。花半王回去准备如实向父亲交代这件事情；安康要父亲帮忙打听被杀的那个人到底是谁；莫朝春请他的父亲动用各种关系摆平这件事；杨彩薇和方桃则要守口如瓶，不讲昨天晚上发生的一切事。

　　花半王回到家才知道，父亲花旭东有事去了东北。他想到找姑姑花白秀商量，又觉得姑姑处理不了这件事，便收拾了几件衣服，带上钱到了火车站，买了张北上的火车票离开的南泽。几天后，花半王给安康打了个电话，告诉自己的行踪。

　　安泽生听了安康的叙述后，没当一回事，他告诉安康找人跟警察局通个气，再给死者家里多点钱，事情应该能捂住。安康听后挺高兴，认为花半王可以容易地过这个关。后来有人把死者的情况详细说给他听，他觉得事情不是那么好办的。

　　死者叫张长年，住在凤安路，家里是做生意，生活还算富裕。这都没什么，最叫人不安的是，死者的伯父就是南泽警察局的总探长，所有的凶杀案件都归他管辖。

　　莫朝春通过家里人打探来的也没有好消息，当天晚上附近居民听到枪响马上报了案，警察局的人赶来后，知道死者张长年是总探长的亲侄子，当天就出动两队警察彻夜巡逻，发现可疑的人统统带到警察局讯问。据说他们已经查问过青庐酒馆的人，庆幸的是青庐酒馆的人也没有看到花半王三个人把张长年带走的，张长年的同伴也说不认识那几个人，可能他们害怕黑帮甚于害怕警察吧。

警察们目前掌握的线索只有杀人者可能是个很年轻的男人。

出事后，杨彩薇和方桃照常到学校上课，装做什么事也没发生。莫朝春、安康也按时来到了学校，只有花半王不知道去了哪儿，到处都找不到。过了几天后，安康告诉大家，他接到花半王的电话，他现在躲了起来。剩下的四个人开始了提心吊胆的生活，无心再嬉闹玩耍。知道事情要想了结还要等花半王的父亲回到南泽。

这件事使方桃察觉出花半王、安康、莫朝春三人的未来不会平坦，存在着很大的危险因素。不说花半王，就是安康不顾一切的义气、莫朝春为了女人，都会出事，三人都像随时可以引爆的炸弹。方桃想了又想，决定把这件事告诉父亲，要求父亲帮助免去花半王的罪责。

方书平长长地叹了口气，说："你们这几个孩子在一起，简直以为南泽都是属于你们的。莫朝春好点，家里卖酒经商的，但跟帮派也是千丝万缕的联系。像安康还有花半王的家族，纯粹就是黑帮家族，两个人都是家中独子，照你所说的依这两个人的个性，多半会继承父业，一辈子难以逃开打打杀杀、刀刃舔血的生活。花半王的命运更加危险。花家本身很乱，家族内争斗，外部也有强敌，不出几年，大祸可能就会光临花家。这几人分开了每个人还都容易闯祸，现在倒好，几个人居然搞到了一起，南泽日后还不乱了套。这样的乱世，还有人嫌太太平。"

方桃说："如果他们三人成了好朋友，南泽就会一直保持安宁啊！"

方书平意味深长地说："傻丫头，舌头和牙齿还有打架的时候呢。人经常在一起，总会有或多或少的摩擦。你记着，安康、莫朝春、花半王这三个人无论哪两个人闹翻了，都会给南泽带来一场劫难。"

104

方桃觉得父亲说的话多少有些道理，并没有放到心里去。直到三年后她从上海回到南泽，目睹到的一切，她才真正明白父亲当时所说的话。方桃怨恨自己当时为什么不能把父亲的话放在心上，然后努力地改变这一切，改变这个故事的结局。她那时候所有的心思都放在了救花半王上了，直至父亲说花半王肯定死不了，他在等着花旭东找上门来。

花半王出事之后的第五天，花旭东从东北匆忙赶回。他从安康的嘴里了解了事情的来龙去脉，便提了一笔钱直接去了南泽市长方书平的家。

两个人商讨了许久，当花旭东答应只要能救花半王无论花多少钱都愿意时，方书平表示钱并不是主要问题，他要五个孩子给一个承诺，如果五个孩子给他这个承诺，花旭东只要拿出三十万大洋给死者家里，再找个人当替罪羊，花半王就什么事也没有。

四个孩子一同见了方书平，请求他救救半王。过了很久，安康、莫朝春，甚至花半王才明白他们的承诺是陷入了方书平设的一个圈套，方书平就是要结束他们彼此之间认为是这世上最珍贵的友谊。

方书平陪着他们一起吃了顿饭。酒席上，方书平说："要我帮忙也不是不可能，但是有一个条件。"

安康、莫朝春、方桃、杨彩薇表示只要救花半王，什么条件都能答应。

方书平于是说："我要你们五个人事后分手，彼此再也不能往来。"

除了方桃，四个人都很诧异，不知道这个条件跟救花半王有什么关系。

方书平说："我给你们几天时间考虑，如果你们中有一人不同意这个条件，我都不会答应救花半王。"

五个人怀着心事各自离开，约定三天后在黑珍珠夜总会见面。

在黑珍珠夜总会最先开口说话的是安康。安康是五个人中最冷静的，虽然不知道方书平为什么要让他们五个人分手，但他明白要救花半王必须牺牲这段感情，所以他告诉大家分手是唯一的选择。方桃和杨彩薇也表示同意分手。唯一咬牙不松口的是莫朝春，他脸色铁青，一言不发，最后摔了杯子，一个人先走了。

莫朝春不愿意分手，那将意味着他永不能再见到杨彩薇。安康找到一个人躲在小酒馆喝闷酒的莫朝春，两个人谈了大半夜他仍不同意分手。第二天，在学校里，杨彩薇把莫朝春叫到天台上不知道说了什么，莫朝春才点头同意了方书平的条件。

审判的结果出来，替花半王顶罪的人犯了误杀、非法持枪两项罪名，法庭判了他监禁十一年。知道这件事情真相的人极少。

花半王悄悄地回到了南泽。等到见安康，才知道自己回来晚了，一切都迟了，四个人已经给了方书平承诺，南泽的"五朵金花"不复存在。安康说这些话，心情已经平复，他对花半王说："这是我们不能掌控的事情。"让花半王星期六晚上一起在兰花小馆聚会，算是给他接风，亦是五个人告别前的最后一宴。

兰花小馆的夜晚令五个人永生难忘。他们到齐之后，各自坐在桌子旁，没有人说一句话。端上来的菜渐渐凉了，窗外的夜色也越来越沉。

如同往常一样，打破沉默的永远是安康，他举起酒杯，说："无论如何，得干了杯中的酒。"

花半王、莫朝春、方桃、杨彩薇全部跟着站了起来，举起手中的杯子，互相干杯之后正要一口喝尽的时候，方桃说："慢着，干杯之前我们说点什么吧，来，从安康开始，一人一句。"

安康端着酒杯说："我从小就没什么朋友，能跟你们相识觉得非常高兴。"

安康过去是花半王，花半王一脸愧疚，说："都是我连累了大家，都是我不好。"

莫朝春说："你们看吧，这以后在学校里该有多寂寞。"

方桃说："天下没有不散的宴席，分离是早晚的，只是大家今后都要好好地过，追求属于自己的生活。"

杨彩薇的话最简单："我会永远都记着你们的。"

五个人把杯中的酒一饮而尽。安康、莫朝春、花半王三个男孩儿推杯换盏，喝了起来。两个女孩子慢慢啜着酒，低声说悄悄话。

后来，莫朝春忍不住站了起来，端着杯白酒，冲着杨彩薇说："彩薇，我敬你一杯，你原谅我吧，这以后可能再没有一起吃饭喝酒的机会了。"他眼神凄婉，端着酒杯的手微微发颤。在座的五个人中，他跟杨彩薇的感情最为特殊，既是好朋友，也是恋人。

杨彩薇哭了。在杨彩薇的心里，对于这段感情的百转千回，也是不能释怀的。她叫安康给自己倒了点白酒，一口喝尽，眼睛红红地坐下。杨彩薇这一哭，方桃跟着哭了。三个大男人也不好受，安康冲着莫朝春说："你看你做的好事，把人家惹哭了，就冲这个，也要罚你三杯。"

安康本是玩笑话，莫朝春听了，表现出从来没有过的憨厚。他拿过酒瓶，倒了一杯，喝下，再倒了一杯喝下，一口气喝了满满三大杯。

他们到底喝了多少酒谁也不记得了，只知道他们一直喝了很久很久。安康敬花半王、花半王敬莫朝春、莫朝春敬方桃、方桃再敬杨彩薇，你陪着我喝一杯，我陪着你喝一杯，像要把这辈子要喝的酒都一次全部喝完。

那天晚上酒喝的最多的是花半王，他喝醉了。

方桃后来告诉我，她说他们从来都没有见过花半王说那么多的话。他坐在那里，他对杨彩薇说："其实在南泽一中没报到前我就见过你。那时候你在马路边儿逗小狗，就像天使一样。"他对方桃说："你是我见过最具有正义感的女孩儿，我特别特别佩服你。"他对莫朝春说："我没跟你成为朋友之前，我以为你是个没出息的小丑。后来我知道你他妈的是个大英雄！"他对安康说："我永远记得在教室里，黄黄要打我的时候，你站起来与我并肩的身影。那一刻起，我真的就把你当成了我的好兄弟，我的亲哥哥！"

花半王坐在那里，不停地说，他所见到的，他所听过的，他一直深深埋在心里的，他打过的每一次架，他的每一次开心，每一次跟他们四个人在一起的感动。他后来还说起自己的家庭。说他父亲已经毁了，鸦片、军火什么乱七八糟的生意都做。说他的姑姑如何地有野心，要报复自己的爷爷当初待她不好。说他有多么多么想他的母亲，好多次做梦都曾梦见她。

安康他们第一次知道这个男孩子为什么总是沉默易怒，他身上背负的压力、责任、悲伤叫他抬不起头来。他虽然名字是半王，却连在空中自由飞翔的小鸟都不如。如果不是要别离，他们一辈子都听不到他说出这些话。

杨彩薇哭了，方桃哭了，安康哭了，莫朝春哭了，花半王哭了，这样的夜晚将永不再出现，这样的故事只能有这么一个，这样一群人突然就散了。

后来吃过饭，他们开着车在城市里四处游荡，这里停一下，那里下车走走。莫朝春说这曾经是我们五个人的城市啊，这曾经是属于我们的夜晚啊。他们带着回忆在南泽城里迂回穿行，后来来到一处没曾去过的地方，那里新盖了一所大桥，桥上的路灯把黑夜照得如同白昼，他们手挽着手拉成一条线从大桥的一头走到另一头。桥上没有别人，也没有车经过，只有他们的影子陪着他们走。他们看到自己的影子连在一起，像是永不分离。他们哭了又笑了，然后飞奔起来，这时候河岸边忽然有烟花升起，一下一下闪亮夜空。烟花散开了，不知道自己要跌到哪儿去，也许被风吹走，也许落到地上成为一粒沙，也许根本就没有也许。

他们停下来，靠在栏杆上看烟花，红的烟花、紫的烟花、黄的烟花、这样的那样的烟花，升起落下，落下升起，只是不能永恒。这是最后一夜了，再没有以后了。

　　"我们分手吧。"他们说。

　　"就此分手吧。"他们又说。

11

　　方桃跟我说起最后一夜的时候，她哭了很久，我怎么劝慰也无济于事。

　　她告诉我，他们五人去的那座大桥，后来知道是叫白云大桥，之前他们从来不知道在南泽还有这么一座桥，都没有听说过。她后来觉得，他们之所以鬼使神差到了那里，正是因为那座桥是通往他们接下来要走的路，是他们每个人的新人生的出发地。就连烟花都知道，欢欢喜喜地来帮忙庆祝。只是自己当时太悲伤了，要是那时候能感觉到这一点，或许故事不会有后来的结尾，或许一切还可以改变。

　　我抚摸着方桃柔软的头发，我说："傻姑娘，这不是你的错，也不是花半王的错，这是命运的捉弄，没有人可以抗拒。"

　　方桃睡过去，我一个人在黑暗里听着她微微的喘息声，我的心不知道为什么不能平静。自从我跟方桃恋爱以来，我就不断地听到南泽，听到那几个名字。我有时候会产生错觉，会以为自己走在南泽的大街上，转身时突然遇见天使一样的杨彩薇或者是莫朝春嬉皮笑脸地在街上闲逛。

我觉得我爱上了南泽，爱上了那些青春少年。我想把他们的故事记录下来，这不仅仅为了我爱着的方桃，也是为了我自己。作为一个以讲故事为生的人，一个好故事是会陪我度过一段美好岁月的。

去南泽看看的愿望越来越强烈地在心里萌发，我想去找安康，希望能见到已经消失不见的杨彩薇。从他们的口中补充方桃讲述的故事，增加一些最为关键的部分。

我为自己的想法激动，为这个故事着迷，迫切需要知道整个故事的全貌。

方桃坚决反对我去南泽。她说安康变得很脆弱，根本不会见外人。并且有些事情，安康根本就不知情。他们五个人当中，安康是唯一一个没有秘密的人。

听了方桃的话，我打消了去南泽的念头。我爱着方桃，我不会惹她不高兴，我心里知道，方桃比我更渴望回南泽看一看，有时候她朝着南泽的方向，望着窗外的白云一看就是半天。

我知道，方桃她有一个秘密。我在等着她跟我坦白。

第六章 暗涌

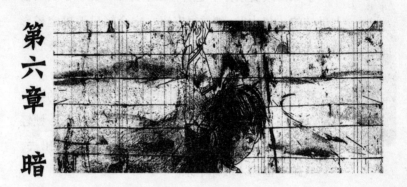

1

李如云跟安康分手之后轻松了许多，见识了安康在七里站的"势力"，她觉得安康一定会轻松地搞定杨彩薇被人带走的事情。当她在住处再次看到杨彩薇的时候，并表现出特别的惊讶，慌乱的反而是杨彩薇。

杨彩薇从花半王家里逃了出来。那是下雨后的第二天清早，杨彩薇拧门上的把手，没想到居然开了。她轻手轻脚下楼，趁着天还未亮透，打开大门，跑了出去，一口气跑了很远才敢停下来。

她不敢回家，身上一个铜钱都没有，也不知道能去哪儿。她想来想去，突然想到李如云，也许此时此刻，李如云那里才是最安全的。

她不敢走大路，只走小巷子，绕了好远的路来到黑珍珠夜总会。因为是早上，夜总会大门紧闭并没有人。杨彩薇通过看门人问到了李如云住所的地址，一路又问了几个人才找到。

杨彩薇敲了敲门，开门的正是李如云。她"呀"了一声，非常高兴，忙把杨彩薇让进房间里。

杨彩薇进屋后，四处打量了一下，然后坐到了小庄的床边问："你租的房子啊？"

李如云说："不是，是夜总会提供的房子。同住的女孩儿有事一早就出去了，不到晚上不会回来的。"

杨彩薇说："我晚上跟你睡吧。我们两个好久没见面了，得好好聊聊。"

李如云笑着说："看来安康还真的很有办法，怪不得你留纸条叫我去找他。"

杨彩薇说："什么？你见过安康了？"

李如云说："怎么？难道不是安康救你的吗？他那天答应我会去救你的啊！"

杨彩薇心里想，安康一定找过花半王，花半王肯定不承认要不就是犯横不买安康的账。可自己竟然还蒙在鼓里。她对杨彩薇说："安康没有找到我，我是自己溜出来的。"

李如云听她这么一说，担心起来，说："那赶紧打电话告诉他啊！"

杨彩薇摇摇头，说："安康出面，也未必能解决得了这件事情。"

李如云说："不会吧？他本事大着呢！如果他都不能解决？那可怎么办啊？"

杨彩薇说："小云你别着急，我先在你这里躲一下，好好想想。"

李如云说："那也好。"想了想，又说，"彩薇你在这屋先休息吧，我出去买点点心。"

李如云走后杨彩薇在她的铺上看到枕头边的小说还有笔记本，心想小云这个女孩子还跟以前一样呢，可是自己却改变了太多。

李如云买了点心回来，两个人在小房里边吃边说，一起回忆了过去，各自说分手之后的生活。

杨彩薇的话解开了李如云之前的许多疑问。李如云知道了那天晚上在后巷带走杨彩薇的，原来是在南泽与安康齐名的花家花半王。

2

莫朝春无法平静下去了。在兰花小馆的时候，他察觉出花半王不会放弃杨彩薇，这种感觉让他非常慌乱，不知所措。

与安康分手之后，他回到家，反复思想，决定带人硬闯花半王的家，先救出杨彩薇再想以后的事情。他联络了一些人，这些人又四处拉了一些江湖上的朋友。

莫朝春身上别了把德国勃郎宁手枪，领着纠结起来的手持家伙的二十多人，来到花半王家门口。

莫朝春上前先是敲门后是砸门，看门人见他身后那凶神恶煞般的几十个人，哪里敢开门，连忙去报告主人。

花家的花半王这时还躺在医院里，花白秀一大早去酒楼办事，只剩下在家养伤的花然。

花然听到砸门声，开始以为是哪个混混来闹事，后听门房老王说砸门的竟是莫家的少爷莫朝春，他还带着不少人来，看样子是不怀好意。

花然让老王开了大门，见一脸铁青的莫朝春站在门口，就笑着对他说："春哥，你怎么来了？"

莫朝春眼皮都没抬，问道："花半王呢？"

花然说："我哥？我也不知道，他到哪儿也不会告诉我啊！你说是不是？"

莫朝春说："你在也行，只要你把杨彩薇她放了，我保证我们马上离开。"

花然愣了一下，说："杨彩薇？哪个杨彩薇？我从来不认识啊！"

他话没说完，莫朝春上前狠狠地给了他一巴掌，打得他几乎站不稳。莫朝春说："你带杨彩薇去黑珍珠，你还说不认识她？！"

花然捂着脸说："春哥，我确实不知道带到黑珍珠的女孩儿叫杨彩薇！你看你打也打了，你消消气，有话好好说。"

莫朝春说："没别的，一句话放人，人放了什么都好说！"

花然心里嘀咕：这女孩儿什么来头啊，花半王、莫朝春这么看重她。转念又想：花半王为了这女人几乎杀了自己，我现在把她交给莫朝春，看花半王能怎么样。他忙朝莫朝春一个劲点头，说："放，放，这就放。"

花然上楼这才发现杨彩薇早不见了去向，耽误了许久，听到楼下铁门被人撞得咣当直响，才硬着头皮走下楼。

莫朝春在楼下像是要发疯一般，看到花然一个人出来，气得掏出手枪要一枪崩了他，幸亏被一个手下拉住了。

花然吓坏了，说："春哥，不是我不放人啊，杨彩薇她……她不见了！明明昨天晚上还在的。"

莫朝春说："花然你跟我玩花样是吧，你当我是三岁小孩子呢？"说完他对着手下说，"进去给我搜，每一个角落都不要放过。"莫朝春当时红了眼，没有考虑这么做的后果。

118

那群人似乎就是等着这句话，一下子全来了精神，如狼似虎地冲进了花家。

花家一片狼藉，损失无法估算，莫朝春和他的手下到底没有找到杨彩薇。莫朝春率领众人准备离开花家的时候，突然觉得背脊一阵凉意掠过。他回过头去，再次看到那个老得不成样的老头儿，用鹰一样的眼神，正站在阳台上望着自己。

莫朝春打了个冷战，他是花老太爷？难道他还活着？

3

安康接到杨彩薇电话的时候，又惊又喜，问清楚了地址，便驾车赶去。

这个时候，是上午十点多钟：莫朝春正带着人在花半王家挨屋寻找杨彩薇；花半王刚走出医院，在路边的一个小店里喝粥，还买了一些早点带回去给杨彩薇，他不知道家中发生的一切。

三年之后，安康再次见到了杨彩薇。两个人都很高兴，脸上满是掩饰不住的兴奋之情。李如云陪着他们说了几句之后，知道他们两个需要单独谈谈，便借口中午留安康吃饭，要出去买菜，留下了他们两个人在房间里。

李如云走后，安康与杨彩薇突然陷入一种尽在不言中的沉默状态。两个人明明都有许多话要讲，却一句也讲不说来。或许是生疏了，或许是事情太多不知道从何说起，两个人一个坐在床边，一个靠在墙上，沉默了好一段时间。

终于杨彩薇开口说："安康，你是不是很奇怪我为什么会跟花半王又扯到了一起？"

安康说："这个你不用说，我了解。"

杨彩薇说："我是逃出来的，花半王肯定急疯了。"

安康说："恐怕疯的不止他一个，莫朝春也差不多了。"

杨彩薇问："莫朝春？他怎么了？他也知道这件事情？"

安康把昨天发生的事情都跟杨彩薇讲了一遍。

杨彩薇的脸色黯淡了下去，说："他这个人怎么这么多年一点都没有变啊！"

　　安康说："他还要跟花半王斗到底，也不知道现在怎么样了。对了，我想知道，花半王为什么要把你关起来。"

　　杨彩薇想了想说："其实并没有什么特殊的原因。我只是觉得，花半王变了很多，他现在很疯狂。"

　　安康说："我也这么觉得，他是变了好多。可是人总是要变的，今天不变明天变，明天不变将来变，总会变的。"

　　杨彩薇笑了，说："我看你这几年也没有什么变化啊！"

　　安康说："我也变了啊，我明显英俊了许多，你没看出来啊？"

　　杨彩薇说："你倒真是变了，变得爱吹牛了。"

　　杨彩薇跟安康说了许多，几年不见两个人都有许多新鲜的话题。

　　李如云买菜回来，杨彩薇、安康似乎忘却了烦心的事，两个人帮着李如云做起饭来，这一刻三个人都觉得无比幸福。

4

　　上午十点，花白秀在花园酒楼和市政府要员谈划地皮建南泽公园的事情。这个项目很有油水，南泽的有钱人都紧紧盯着这块肥肉，其中包括七里站的安泽生和南泽最有钱的莫大川。

其间，花白秀接了个电话，是儿子花然打来的，一听花然带哭腔的声音就知道出事了。果然，花然告诉自己莫朝春带了一帮人把家给抄了，现在家里一团乱。花白秀听了，暂时没有心思关心南泽公司的事情，匆匆赶回家去。

回到家，花白秀问清楚事情的来龙去脉，气得直发抖，对花然说："我们花家几辈子都没受过这样的奇耻大辱，莫朝春真的是不想活了！"又问花然："老太爷没事吧？"

花然说："他一直在楼上，一点动静都没有。"

花白秀又问："你哥呢？出了这么大的事情，他去哪了？"

花然回答说："我让人四处找了，都没有他的影子。"

花白秀说："你快点打电话给六斤，叫他去找。这种时候，他不能不在。"

六斤带着人，几乎把整个南泽筛了一遍，终于找到正在闲逛的花半王。

花半王听着六斤把事情说了一遍，第一反应是怀疑，便问道："不会吧？这不可能。"

六斤说："这可是千真万确的，现在你姑姑在家等着你回去呢！"

回到家里一看，花半王知道六斤所说不假。他震怒了，隐隐产生杀意，这是因为花然对他说莫朝春强行从花家带走了杨彩薇。

花半王对花白秀说："姑姑你放心，这个仇我是一定会报的。"他转身走了出去，对着包括六斤在内的三十多个弟兄说："大家听着，从现在开始，所有的人全力追杀莫朝春。"

众人得了令，各自散开。

人都走了以后，花半王坐在椅子上发了半天呆。他知道必须这么做，这是关系花家能否在南泽继续立足的事情；但内心却不能认同自己的行为。花半王默默叨说：我是个罪人，你们都要原谅我。

这时候，有人来传话，说花老太爷要见花半王。

5

此时的莫朝春不知道危险已经朝他逼近。他把车停在白云大桥边上，一个人在桥上来回地走，想起了几年前他们一行五人在这里看过的一场烟火，心里一阵难过。

杨彩薇不在花家，她到底在哪儿呢？她是逃出去了还是被花半王藏在另一个地方？莫朝春想打电话给安康商量，又想到昨天晚上两个人发生的口角，便赌气没打这个电话。他一个人在桥上独自苦恼着。

他觉得这几年大家都变了。安康变圆滑了，花半王变阴沉了，自己则变得非常茫然。对一切茫然，对社会，对未来，甚至对整个人生。早些年他曾经为了女人而活，自从他遇见杨彩薇，便觉得其他的女人都失去了色彩，世上对他来讲只有杨彩薇一个女孩儿而已。

三年前，莫朝春失去了杨彩薇，心始终是空荡荡的，夜夜总是在梦里与她相见。从安康那儿再次得到杨彩薇的消息，他心里一直潜伏着害怕，盼望立即见到杨彩薇又怕见到杨彩薇。他害怕杨彩薇不是过去那个杨彩薇，也害怕当没有变化的杨彩薇再次出现在面前时，自己会失去理智。事实是，杨彩薇还没出现，莫朝春早已经乱了方寸，失去了理智。

6

中午的时候，杨彩薇、安康、李如云三人一起做了一桌可口的饭菜。

安康把小庄的大箱子从床底下拖出来，上面铺上报纸当饭桌。他们把菜端到上面，坐在小板凳上围坐在临时的"饭桌"前。三个人对望一眼，哈哈大笑。

安康说："我可是从来都没这样吃过饭啊！"

杨彩薇说:"是啊,康大少爷,委屈您了。"

李如云说:"是啊,康站长平时都不回家吃饭的。"

李如云这么一说,杨彩薇一下就笑了,说:"对,康大少爷是有这么个绰号。小云要是不提,我都忘了。"

安康见她们俩人把矛盾对着自己,忙转移话题说:"别只顾说我了,还是先尝尝小云的手艺吧!"

三个人吃了几口菜,杨彩薇马上说:"小云,你的厨艺可是了不得啊!"

李如云高兴的眼睛都笑弯了,说:"那可不是。"

安康像被雷击中一样木在那儿,杨彩薇和李如云正纳闷,安康大叫一声:"真是太好吃了!"夸张的表情把杨彩薇、李如云逗得笑到肚子疼。就在那个时候,安康便把李如云唤做"厨娘",到后来两个人结了婚,他还是这样称呼李如云。

三个人是老友重逢,特别开心。他们一直说啊笑啊吃啊,一顿饭吃了好久好久,舍不得结束。

前一阵子,杨彩薇一直忐忑不安,生怕惹出什么祸端,这一天见到安康、见到李如云,心里安定了许多,特别开心。安康自从三年前的事情发生后,极少跟外人吃饭,现在在这样的地方,身边又有两个特别美好的女孩子,心里非常愉悦。

李如云在不知不觉中,对这个外号叫"康站长"的男孩儿产生了好感。

饭吃到一半的时候，安康说："我们应该喝点酒庆祝一下。"

李如云说："我去买。"

安康说："我去。"

李如云表示："你不知道附近哪有卖酒的。你们等着，我马上就回来。"

李如云离开后，杨彩薇突然对安康说："我想见见莫朝春。"

安康望着她没有说话，点点头。

杨彩薇说："你下午带我去见他，我很想念他。"

杨彩薇坦诚地表白了她对莫朝春的思念，叫安康没有想到。

杨彩薇解释说："是我想见他最后一面，想跟他说说话。"

安康看到杨彩薇的眼神无比坚定，知道杨彩薇要见莫朝春不是心血来潮，突发奇想，她一定是想好了很久。

杨彩薇继续说下去，她说她别的都不怕，就怕当年方桃的爸爸所说的会变成现实，这简直不能想象，恐怕会伤害很多人。

安康说："只怕这事情在暗中已经开始了。"

杨彩薇说："所以我要马上见莫朝春，已经没有多少时间了。"

安康望着杨彩薇夺眶而出的泪水，伤感地点了点头。

7

下午两点十八分，莫朝春在自家的水云间大世界门口遇到不明身份的人袭击，他头部被砍数刀，后被自家的保镖救了下来，送到了医院。

两点三十三分，水云间大世界的经理打电话把消息禀报给莫大川。莫大川放下电话，想了想，一面打电话给警察局局长孟庆有，一面派人去医院保护儿子。

8

下午，安康带着杨彩薇离开李如云的住处，开车去莫朝春最有可能在的地方水云间大世界。

刚见过花老太爷的花半王在花园酒楼要了一桌子菜，拉着六斤在喝着闷酒。

此时，四平街之战的帷幕已经慢慢拉开。在杨彩薇的心里，在安康的心里，甚至是在远在千里之外的方桃心里，突然都感觉到一阵莫名的慌乱。

9

下午三点零八分，莫朝春躺在医院病房的床上，周围站满了他父亲派来的人。他此刻有些神志不清，只觉得过去的往事好像时光倒转一样从脑子里翻涌出来，他在心里不住地叫着杨彩薇的名字：彩薇，彩薇，你在哪儿？彩薇，彩薇，你还好吗？

10

安康带着杨彩薇赶到水云间的时候，杨彩薇就觉得出了事情，她看到大门的地上有一摊血，血迹还没有干。

两个人走进去，说找莫朝春。水云间的人告诉他俩，莫朝春刚才在门口被人砍伤，现在正在医院里。

安康和杨彩薇的心里咯噔一下，他们立即赶往医院。

下午两点二十四分，六斤手下的人把六斤叫出，告诉说对莫朝春采取的行动。六斤指示他们先躲起来，没有把这件事情告诉已经有些微醉的花半王。

11

安泽生派人找到安康，让他赶紧回家，千万不要插手花家和莫家的事情。安康对来人说："这事我不能不管。"

十分钟后，安康的六姐带了二十多人赶到了水云间大世界。

12

安康和杨彩薇赶到医院，两个人一路没有说话。杨彩薇显得非常慌乱，车开着窗户可她还是满头都是汗。打听到莫朝春所在的病房，杨彩薇不顾安康一口气先跑到病房，便看到被一群人围在当中的莫朝春，他头上缠满了绷带，正坐在那儿发愣。

杨彩薇跑过去，来到莫朝春面前。

莫朝春一抬头，看到面前站个女孩儿，一下蒙了，他觉得这个女孩儿的特别像自己朝思暮想的杨彩薇。他低下头，偷笑一下，自言自语地说："还真像。"

一个保镖上前一把推开杨彩薇，说："你是干什么的？赶快离开这里！"

莫朝春阻止他，再抬头，然后呆在那里，喃喃道：

"杨彩薇。真是杨彩薇!"

杨彩薇站在那里，看到莫朝春呆头呆脑的样子一点都没变，心里又好笑又生气，咬紧嘴唇一言不发。

安康这时气喘吁吁地跑来，说:"彩薇你跑那么快干吗?"然后又对莫朝春说:"朝春，我和彩薇来看你了。"

莫朝春一下笑了，像个孩子突然见到了心爱的玩具那样单纯地笑了，他显得有些语无伦次地说:"来了好，来了好。"

安康关切地问:"你的伤不要紧吧? 总共挨了几刀?"

莫朝春说医生说没伤到骨头跟神经，然后叹口气说:"没想到我莫朝春也有头上戴手表的这天。"

安康说:"何止，你现在这样子简直是贩卖手表的!"

他这么一说把莫大川派业的保镖都说得忍俊不禁，杨彩薇也扑哧笑了，气氛没有先前那么紧张了。

莫朝春朝杨彩薇她望过来，说:"你来了。"

杨彩薇"嗯"了一声。

莫朝春忽然忍不住眼泪，在众目睽睽之下痛哭了起来，他实在是太想念杨彩薇了。

安康看得心酸，便招呼所有的保镖出去，自己也跟着离开。留下杨彩薇、莫朝春两个人，他们面对面，一个站着，一个躺着，待在医院安静的病房里。

安康答应过杨彩薇，要给他们两个人一点单独相处的时间。

13

这次见面之前，莫朝春曾经见过杨彩薇三次。一次是在五个人分手的几个月后，莫朝春在一条林阴小路上漫步，远远看见杨彩薇在小路的另一端迎面走来，他急忙弯腰藏在路边的灌木丛中，带着复杂的情感透过树叶的缝隙看着杨彩薇从身边走过。第二次是一九三四年的元宵节，莫朝春开车回家去吃团圆饭，看到杨彩薇一个人孤零零地走在黄昏的南泽大道上，样子非常的寂寞。第三次在一九三五年第一场雪那天，是一月十三日，莫朝春在百货公司买东西看到了杨彩薇，她在挑一双手套。

三次见面，莫朝春都竭力克制自己，才没有冲过去拉住杨彩薇，把她拥抱在怀里。他懂得江湖的规矩，信守承诺才能保住花半王的命，他只能压抑自己的情感。但他记不清有多少个夜里曾梦见杨彩薇跟他手牵手在南泽的街上走，每次都不愿意醒，天亮睡到天黑，天黑睡到太阳升起。很多时候他觉得杨彩薇没有离开他，就在身边挽着他的手臂。当他每次从梦中睁开眼睛，心里明白他已经失去杨彩薇，早已经失去了。

因为思念，莫朝春曾派人四处打探杨彩薇的下落。反复好几次，换了好几拨人，每次这些来跟他报告找到杨彩薇下落的时候，他却会大发脾气，叫人摸不着头脑。

他想见杨彩薇，又不能见杨彩薇，整整三年他都活在这种被想念折磨的痛苦中，没有一天真的快乐过。今天，杨彩薇突然站在自己面前，为了他受伤失魂落魄地赶来，所以他哭了。他的脆弱，只能在杨彩薇面前才能表现出来。

14

杨彩薇在花半王出事之前就想退出"五朵金花"这个圈子，后来真的如了愿，竟又有些舍不得。杨彩薇知道，她不属于这个圈子，她本应过平凡人的生活。

五个人分手之后，杨彩薇白天极少出门，不在人多的场合出现，不参加各种性质的应酬。甚至不打扮自己，把莫朝春送给她的漂亮衣服都压了箱底。

杨彩薇没有再见到安康、莫朝春和方桃，只不过还与方桃保持书信往来，通过信件延续彼此的感情，说说周遭的琐事。

杨彩薇给方桃的信没有有趣的内容，她的生活像一摊死水，只能跟方桃聊聊读了什么书，看了哪个电影。

方桃在上海眼界开阔了，给杨彩薇讲上海的高楼、讲外滩的花花世界、人间天堂；讲弄堂里普通人的快乐故事。

方桃的每封来信都有新鲜的话题，有说不尽的趣味。杨彩薇每次读方桃的信，都觉得方桃似乎是待在一个天堂一样美好的地方，处处开满了鲜花，天那样蓝，云那样白，好像自己小时候住的桃花镇。

杨彩薇想自己一定要去上海。她要离开南泽，离开这座留有他们五个人少年痕迹的城，还要忘记莫朝春，开始新的人生。这个秘密，她没有告诉方桃，只等自己毕业，去上海找工作。后来突然遇见了花半王，又被花半王软禁，杨彩薇去上海的愿望更加强烈。现在她逃出了花家，见到安康，听安康说莫朝春准备跟花半王争斗，觉得她再也不能等了，到了非走不可的时候了。她现在来见莫朝春，其实只是想问他一句话。

15

安康再回到病房时，发现莫朝春跟杨彩薇不见了，两个人不知什么时候离开了医院，连莫大川派来的保镖也没有看住。

安康觉得事情变得错综复杂，好像到了不能控制的地步。就在这个时候，安康的六姐安兰带着人找到了他。

16

花半王派了一个人去打探杨彩薇的消息，现在他正在花园酒楼等着这个人回来。

大约下午六点的时候那个人回来了，告诉花半王三点左右安康带着杨彩薇曾在水云间大世界出现过，后来两个人去了医院。从医院出来时只有安康一个人，杨彩薇不见的踪迹。

花半王知道杨彩薇现在肯定是跟莫朝春在一起，心里一阵烦躁。花半王想了想，带了几个人来到南泽大道后面的小广场，他和杨彩薇曾在这里吃过云吞。花半王也知道杨彩薇跟莫朝春以前常来这里，那天走的时候，杨彩薇望着一个空的座位发了好久的呆。

花半王觉得莫朝春和杨彩薇会来这里。

花半王错了，他们两个并没来这儿。也许，杨彩薇跟莫朝春有许多秘密的、不为人所知的约会地点，云吞摊只是其中一个。

花半王非常失望，沮丧地坐在一张椅子上。他的手下呼啦一下都跟了过来，站在他身后，花半王烦躁地挥挥手说："你们贴那么紧干吗？都到对面马路去。"

那帮手下只好跑到对面马路，远远望着花半王。

花半王说："老板，给碗云吞。"然后他静静坐在那儿等着那碗云吞。他现在都不能相信，自己居然真的对杨彩薇产生了感情，这一刻觉得特别想她。

17

三年后，莫朝春又和杨彩薇并肩走在白云大桥上，这是他做梦都不曾想到的事情。

在医院里，安康和众人识相地离开之后，两个人你望我，我望你，半天说不出话来。

莫朝春半天才问杨彩薇："你好吗？"

杨彩薇没有回答，她坐到莫朝春的身边，把头靠在莫朝春肩上，闭上眼睛，这是既遥远又熟悉的感觉。

杨彩薇的头刚好抵住了莫朝春肩上的伤口，莫朝春强忍住痛，他无数次梦到这样的场景，这次真的又出现了。

两个人默默坐了很久，像是雕塑在病房里的石像。

后来莫朝春想到了什么，突然站起来，拉着杨彩薇的手，两个人趁保镖围成一堆闲聊的时候，悄悄地从一侧的货运楼梯下楼。

莫朝春说："我带你去个地方。"

一路上杨彩薇不断说莫朝春，"你身上有伤，你不能乱跑。""莫朝春，你看你伤口又流血了。""莫朝春，你要带我去什么地方，你还是快点回医院吧。"

莫朝春好像没有听见杨彩薇的话，好像伤口已经完全痊愈，兴奋地牵着杨彩薇的手，来到了白云大桥。

晚上，白云大桥是南泽最美、最安静的地方。

莫朝春跟杨彩薇有很多个美好的夜晚都在这里度过，他们看烟花看月亮，从来没有人会来打搅。

莫朝春说："一切都没变呢，这三年。你看那水塔，还有这棵树，对了，还有一直停在那里的大铁船，啊，又旧了好多。"

莫朝春在不停地讲述，杨彩薇口里说"是啊，是啊"，一一回应着，这些那些，都存在于过去的美好回忆中。

莫朝春又说："我们下去，再去那桥洞看看。"

杨彩薇心里像被针刺了一样，桥洞里刻着他们两个人的名字，不知道还在不在。

杨彩薇说："我不去。"

莫朝春说："来啊，就像以前一样，我们把自己藏起来，谁也找不到我们。"说着，他人已经下了台阶，站在桥洞前面冲着杨彩薇招手。

杨彩薇突然大声喊道："你愿意跟我一起去上海吗?"

"你愿意跟我一起去上海吗?"远远的地方传来了回声。

莫朝春一愣，问："彩薇，你说什么?"

杨彩薇说："我们一起去上海，我要离开南泽。"

莫朝春点点头，说："好啊，等事情解决了，我陪你去，我们一起去。"

杨彩薇说："我说的是现在，马上，春，我们马上就走，永远都不再回来。"

莫朝春犹豫了一下，说："走那么着急干吗？你只要等我几天，处理完事情，我们就一起走。"

杨彩薇说："不行，要走就今天晚上走，你要不走，我不会勉强你。我自己走！"

莫朝春忙从楼梯跑上来，说："你这何必跟我赌气呢。"他并没有把杨彩薇的话放在心上，只当她是一时赌气，使使小性子。

莫朝春和杨彩薇在对岸的一个小镇子上买了烟，然后又回到白云大桥上。莫朝春放烟花给杨彩薇看，他把烟花点燃，然后像个孩子似的笑啊跳啊，嘴上不停地说话，非常高兴。

最后一支烟花升空后，莫朝春把杨彩薇拥在怀里，说："答应我，无论以后发生了什么，你都要像现在这样快乐。"

杨彩薇点点头，只是烟花一瞬间照亮她脸的时候，莫朝春陷入兴奋中，不曾发现她有多悲伤。

两人在李如云住处分手时，莫朝春说："彩薇，你等着我，几天后，我们一起去上海。"

杨彩薇点点头，然后看着莫朝春离去。

莫朝春一扫前几日的心中的阴霾，他拦了辆黄包车，哼着歌回家去了。

18

安康回到家，被父亲怒斥了一顿。从父亲的话中，安康了解了莫朝春与花半王之间的暗藏的玄机和利益争斗，全部事情竟然是一个设计好了的圈套，而花半王、自己，还有莫朝春已经陷了进去。

晚饭后，安康放心不下，打了好几个电话找莫朝春，都没有找到。安康放心不下，打算出门去找的时候，杨彩薇打了电话，说向他借钱，他二话没说就答应了。

安康在李如云住处的门口见到杨彩薇，把钱递给了她，问了句："你要钱做什么？"

杨彩薇说："明天你就知道了，现在不能告诉你。"

安康也就没追问下去，问她说："我现在要去找莫朝春，你去不去？我有一件重要的事情要告诉他。"

杨彩薇问："什么重要的事情？又出什么事了？"

安康说："事情一时半会儿说不清楚，你还是跟我一起去吧。"

杨彩薇说："不了，我还有别的事，你要好好照顾莫朝春。"

安康觉得杨彩薇话里有话，但没有分辨出是什么意思。

安康开车围着南泽转了一圈，也没有找到莫朝春。

夜晚，安康回到家后接到莫朝春的电话，想起杨彩薇最后的话，才知道杨彩薇要钱是为了当晚乘火车去上海。现在去追已经迟了，火车早就开了。

电话中莫朝春告诉了安康一条听起来更坏的消息，他说，已经约了花半王，五天之后在四平街决一死战。

莫朝春告诉他与花半王决战的消息，就消失不见。

安康用各种方式联系不上莫朝春，急得像热锅上的蚂蚁，没有一点主意。有种从未有过的恐怖涌上心头，安康预感到当年方桃爸爸方书平说的全都是真的。

安康给远在千里之外的方桃打电话，简单说了这几天的事情。方桃说明天一早赶回南泽。

这时，杨彩薇乘的火车离开了南泽的地界，正开往她想象中像天堂一样的上海。

第七章 方桃的秘密

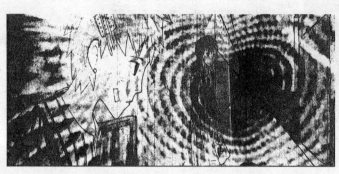

1

"我爱你。"

"你别跟我说，我听不见。"

"那我打手势给你看，你看，这样在手语里是我爱你。"

"我也看不见。"

"那你背过身去，我在你背上写，你有感觉的。"

"冬天衣服穿多了，感觉不到。"

"那这把刀送给你。"

"我要刀做什么？"

"这把刀你握在手中，要是我对你有图谋不轨的举动，就用它刺我，我绝对不会怪你。"

……

2

我认识方桃，是在一个舞会上。

我在一家报社做记者，发表过几篇读书时候写的小说，偶尔会有非常年轻的文学青年写信给我，与我交流。

方桃是这些文学青年中的一个，我对她印象非常深刻。

她给我写过一封很恭敬的信，在结尾她说她亲身经历的一个故事，问我愿不愿意听。

我以为方桃所说的故事会是个缠绵悱恻的爱情故事。后来方桃又来电话谈及了故事的开头，我觉得这是个很江湖的故事。

她说起那首藏名诗，让我想起了《红楼梦》，同时对方桃要讲述的故事产生了无尽的兴趣。

我约方桃见面，说如果可能，我愿意把她讲述故事记录下来，让更多的人看到。

那时候，我不知道她叫方桃，信件上她署名"一朵小花"。

我猜测在故事中，她可能是一个旁观者，或者因为单恋某个男主角才让这故事成为心结，成为一种病态。

后来，我们渐渐熟悉，产生了感情。我才发现她背负的痛苦，远比我所能想到的多得多。

故事本身也是方桃亲身经历的故事，我开始沉浸到一种不可名状的悲伤之中。

许多个夜晚，在我家的客厅里，方桃近乎折磨自己似的给我讲述：讲李如云在黑珍珠夜总会再次遇见杨彩薇；讲他们在南泽一中的种种趣事；讲五个人的最后一次相见；讲莫朝春放烟花给杨彩薇看。

我把她的讲述如记录下来，按照时间顺序排列。

我不能确定故事的真实性，因为许多事情发生的时候方桃并不在场。方桃解释说，故事中有一部分是自己经历的，有一部分是安康告诉她的，还有一部分是杨彩薇对她说的；只有极少一部分是通过事件的发生，根据她所了解的花半王、莫朝春的性格想象出来的。

我细细琢磨，觉得倒也合理，整个故事脉络发展，基本上是符合逻辑的，没有突破常理。

当故事即将收尾的时候，我觉察出一个被遗漏的部分，这恐怕与方桃故意隐瞒真相有关。

我不想主动揭穿这个秘密，因为我知道她迟早要说，否则故事无法进行下去。

一个下雨的下午，方桃对我说："继续讲这个故事之前，我要再讲回到中学时代。我隐瞒了一些事情，这曾是我的秘密。"

这个秘密是与杨彩薇和莫朝春的恋爱同一时间段发生的。

方桃说："还是从安康突然打电话给我，我听后答应第二天赶回南泽开始讲起吧。"

3

方桃接到安康的电话，一整夜都没有睡好。

她了解安康的性格，如果事情不是严重到了不可收拾的地步，安康不会打电话给她。她清楚，她父亲所说的预言可能要实现了。

第二天一早，她坐上祖父联系的军用飞机。两个半钟头之后，她的脚离开的机舱就踏上了南泽的土地。

她去了在兰花小馆，打电话告诉安康自己已经到了南泽。

安康让方桃等他，他马上就到。

4

方桃从在他们五个人分手那天晚上吃饭的包厢，点了两个安康喜欢吃的菜，刚下单，安康就来了。

安康看到方桃，就说："样子改变了啊！"

方桃以前是披肩的中长发，现在剪成了齐耳的短发。

方桃回答说："哪有，上海不像在南泽这么方便，短发好打理。"

安康说："也难怪，我当初就是奇怪你为什么要去上海。在南泽不是挺好的吗？"

方桃说："不能跟你们在一起了，我在这南泽也没什么意思了，而且我爸爸希望我能出去感受一下外面的世界。说真的，上海挺好的。"

安康说："我现在也想出去看看。"

方桃又问："莫朝春呢？"

安康"哦"了一声，说："你看我见到你激动得把这事儿给忘了。杨彩薇昨天晚上坐火车去了上海，莫朝春知道这事儿后就找不到了。"

方桃听后表情有了些细微的变化，她说："莫朝春跟彩薇都不在，把花半王叫来吧。"

安康想要是方桃能说动花半王不应战，事情也好解决，便说："好。"他和方桃打电话，拨通后对花家的人说："我是安康，请花半王听电话。"

方桃说："我来讲。"

安康把电话递给了方桃。

144

花半王口气冷淡，他以为听电话的是安康呢，说："有事吗？"

方桃在电话里故意瓮声瓮气地说："喂，这里是南泽警察局，你是花少爷吗？"

花半王听出了是方桃的声音，估计是安康把她从上海叫来的，他对着电话说："是方桃吧？你回南泽了？"

方桃嘿嘿笑着，说："花少爷原来还记得我啊！"

花半王在电话里说："你有什么事吗？"

方桃说："你看你跟我生疏的，没什么事就不能找你了？我现在和安康在兰花小馆，你能来吗？"

花半王问："莫朝春在不在？"

方桃说："他不在。"然后问道，"我说你怎么变得这么婆婆妈妈啊，赶紧来，我俩等你。"

花半王说："那好，我马上赶到。"

花半王进了包厢，先是看到安康，两个人对了一下眼神。

安康说："坐。"

花半王点点头，坐下，然后看到方桃笑嘻嘻望着他，说："你笑什么啊，我脸上写字了？"

方桃说："花大少越来越潇洒了。说吧，现在有多少女朋友？"

花半王最怕的就是跟方桃斗嘴，他尽快解释说："我没女朋友。"

方桃说："哦，真没有？我有个同学，美过杨彩薇，怎么样，我给你介绍？"

花半王没回答，因为不知道怎么回答。在一边没说话的安康说："这么美的女孩儿，介绍给我啊！"

方桃哈哈大笑，说："你不行，你不够冷酷，我那同学喜欢冷冰冰的类型。"

安康撇撇嘴说："现在啊，人好反而没人要了。"

方桃说："你这是说的什么话，你的意思是花大少不好？"

安康说："我不是那个意思，我就是感慨我自己。"

花半王说："方桃你还是喜欢跟人抬杠，以前跟莫朝春，现在跟安康。"

方桃说："我不多说点话，你们兄弟俩见面像不认识一样，叫我不舒服。"

花半王知道方桃话中有话，把头低了下去。

第七章 方桃的秘密

Dreaming of youth

安康说："花半王你也别多想，今天把你叫来就是三人一起叙叙旧，没别的，你跟莫朝春的事，我们改日再谈。"

三个人一边吃饭一边闲聊一些无关紧要的闲事。

吃到一半的时候，方桃还是忍不住对花半王说："莫朝春失踪了，哪儿都找不到。"

花半王说："失踪了？应该是在医院吧？"然后他扭脸问安康："杨彩薇是不是在你那儿？"

安康没说话，方桃说："你傻了啊，杨彩薇在安康那儿，现在还不和我们一起吃饭？"

花半王又问："那她去哪儿了呢？"

安康说："告诉你她在哪儿也行，你必须先回答我一个问题。"

花半王说："什么问题你说吧。"

安康说："你为了什么约莫朝春在四平街决战？"

花半王说："不是我约他的，是他约我的。"花半王的话使安康和方桃愣了，莫朝春这是怎么了？花半王接着说："我最后还是答应了他，因为莫朝春的口气非常认真。我认识他这么多年，从没觉得他这么认真过。"

安康说："我相信你说的话，我也告诉你，杨彩薇已经离开了南泽，但是我不知道她去了哪儿。"

花半王听完，说："没别的事我就走了，家里还有许多事。"

方桃有点激动，冲着花半王说："先别走，莫朝春失踪不会与你有关系吧？"

花半王望着方桃，摇摇头说："没有，我既然答应了他五天后在四平街动手，就绝不会事先做手脚的。"

方桃说："你根本不应该答应他的要求，他拿什么跟你拼，还不是去送死?! 花半王，你要是还念过去的旧情，你就不应该答应莫朝春！"

花半王望着突然冲动的方桃，叹了口气，说："到如今，很多事情不是自己能掌控的了。"

安康点点头，他理解花半王这句话的意思，他也面临这样的困扰。

他们已经长大，家族的责任越来越多地背负在身上。家族责任控制着一切，控制着他们的行为、理想、人生，就连交朋友谈恋爱这样的私事，也要符合家族的利益。

方桃说："老二，你听我一句话，你不要去赴约，好不好？你不去，莫朝春就打不起来了。"

安康望望方桃，又望望花半王。花半王咬紧嘴唇，皱起了眉头，三个人寂静下来，过了一会儿听见花半王非常清晰的声音，"我必须去！"

这句话叫方桃非常生气，却在安康的预料之中。花半王知道自己再待下去也没什么意思，站起来，倒了杯红酒，说："我敬你们一杯。"说完，仰头喝尽，然后头也不回地离开了兰花小馆。

花半王或许忘了三年前分手的那天，他坐在包厢门口不准一个人离开，他说："我们要一直在这里喝酒，一直这样到永远。"

那时候他们五个人围坐在桌子前是一个圆，如今却只剩下安康、方桃这两条破碎的弧。

5

安康开车带着方桃离开兰花小馆。

方桃说："我们回学校去看看吧。我在上海的时候常梦见南泽一中。"

这天是五月七日。南泽一中门口开货铺的老王远远就看到这辆熟悉的车，他知道这是七里站的"康站长"来了。他还记得安康是个中等身材、头发微卷，笑起来非常有魅力的少年。

安康把车停到路边，跟着方桃下车，老王发现当年的男孩儿已经长成一个潇洒干练的男人，他身边的姑娘也是当年这个学校的名人南泽市长方书平千金。

老王正想着他们两个怎么回来了，隔壁卖面点的胖李嫂说："从车上下来的小伙子不是以前学校里的吗？叫什么来着？"

老王嘿嘿一笑说："我不告诉你。"

胖李嫂说："我一时想不起来了，反正他们那一届有十一个班，挺有名的'五朵金花'就是那届的吧。"

老王说："是啊，那一届的学生，风云际会，卧虎藏龙。南泽一中往前数到建校，往后数三五十年，都不可能再有同样的光景了。"

老王说着惋惜地叹了口气，胖李嫂不知道咕哝了句什么走开。她并不知道老王在说什么，又为什么叹气，她看着安康跟方桃，只觉得他们两个像是戏里的人物，衣着光鲜，面容俊俏，正朝着学校大门口走去。

安康跟方桃一前一后走进学校，过了大门没走几步，就听到背后有人在叫。安康扭头一看，从大门旁边走出来两个警卫，他们叫安康站住，说现在是上课时间，外人不能随便进出。

方桃刚想解释，安康挥手示意她不要出声。

两个警卫一看安康挺嚣张，围上来了，这时候听到一个人大喝一声："什么人?!" 跟着出来一个二十五六岁的又高又胖的年轻人，样子像个头头，安康看着他，撇了撇嘴。

胖子是个近视眼，没有看清楚来人究竟是谁，他走到安康大约五米的时候大叫了一声："我的妈呀，是你!"

安康哈哈大笑，说："赵谈你又胖了。"

赵谈连忙喝退两个手下，迎上来，掏出口袋里的烟递给安康，说："安少爷今天怎么想起来这里呢?"

安康摆摆手，说："没什么事。跟方桃来学校走一走。"

赵谈又一惊一乍地"啊"了一声，说："这是方桃姐啊，都认不出了。"

方桃说："赵胖子啊赵胖子，你是找打是吧，你明明比我大，你叫我方桃姐，我就那么老啊？"

赵谈嘿嘿憨笑，说："我哪敢乱叫，你也别计较。"

安康说："那我们进去走走，没事吧？"

赵谈说："没事，没事，谁敢说有事！你去，我在门口帮你看车。"

安康说："那好，一会儿出来跟你聊。"

离开南泽一中整整三年，学校几乎没有什么变化，就是南边新盖了两幢楼，其他的建筑甚至是花园的树木都还像昨天一样。这会儿是上课时间，学校里比较安静。

方桃说："我们去操场坐坐吧。"

安康说："我刚才也想说去操场。"然后又说，"我在操场打过无数的架，学校里我最怀念的地方就是操场。"

方桃说："是啊，那时候你跟花半王成天跟人打架，我都快成职业看打架的了。"

南泽一中的操场在整个学校的北面，非常大，有足球场、篮球场、网球场几个区域。安康跟方桃在看台上找到自己以前喜欢坐的阴凉下，这时候操场上有几个班正在上体育课，一群少男少女在太阳下挥汗如雨地上操。

方桃说："当学生其实挺辛苦的，你看这么大的太阳把那些女孩子们给晒的。"

安康说："我突然想到莫朝春那小子了，学校会操的时候。"

方桃把胳膊弯在胸前，说："我的胳膊又断了。"

两个人哈哈大笑。安康说："过去多美好啊，真的很怀念。"

方桃说："是啊，人要是不长大，就永远不知道什么叫痛苦了。"

安康说："只是人不能总做个孩子，最终需要面对现实。"

两个人坐在南泽一中的操场谈起往事，如同倒放的电影胶片一点点回放起来，过去几年发生的一切事情，都变得清晰起来，两个人都陷入一场旖旎美好的回忆之中。

两个人正说着，没注意到一群半大孩子从操场另一头气势汹汹地赶过来。

安康正说到当年他跟花半王、莫朝春还有一个叫"蚂蚁"的男孩子逃课，躲在操场大牌子后面打扑克，被白志勇老师抓了个正着的时候，一抬头看见一帮人呼啦一下围了上来。安康冲方桃笑了笑，动也没动。

这群男孩子当中有一个瘦高个是个头儿，他冲着安康说："你哪儿来的？到我们一中干吗？"

安康看了看他，说："哦，随便看看。"

瘦高男孩儿上下打量一下安康，说："随便看看？你跟哪个老大的？"

安康说："我没老大，我又不是在江湖上混日子的。"

瘦高男孩儿得意洋洋地笑了，说："我的老大是二宝哥，七里站二宝。"一副自豪的神态。

安康说："二宝是谁啊？我不知道啊。"其实他认识这个二宝，是六姐手下的手下。

瘦高男孩儿说："既然知道我的后台，识相的钱都掏出来吧。"

152

安康回答道："我出门忘记了带钱，实在不好意思。"

瘦高男孩儿看见安康衣服上有条耀眼的银表链，于是说："没钱？把怀表拿过来。"

安康心里直笑，却不动声色地从怀里掏出纯银怀表。

方桃在一旁骂了句："小毛孩子作死啊。"

那伙人都听见了。瘦高男孩儿向前一步，要打方桃，安康一下站起来，挡在两人中间。

瘦高男孩儿一声招呼，一伙人就要围打安康。不知道从哪儿冲出来一个英俊少年，一拳把瘦高男孩儿打翻在台阶上。一群人顾不上打安康，忙过去扶起瘦高男孩儿。瘦高男孩儿站起来，说："林朝颜，你疯了啊！你竟敢动手打我，你不怕二宝哥找你算账?"

林朝颜说："我就是因为怕二宝哥，才不能看你刚才那么做。"

瘦高男孩儿说："你有什么权力管我，我今天还非抢不可了。你们给我上!"一伙人跃跃欲试，要对安康大打出手。

林朝颜大吼一声，说："唐涛! 你不要命了! 你可知道你要打的人是谁?"

所有人都停了下来，望着林朝颜。

安康心里纳闷，自己不认识眼前这个少年，他却认出了自己。

唐涛说："他是什么人? 难不成是你父亲?"他这么一说，他那帮人哄笑起来。

林朝颜的脸涨得通红，问："你可知道学校几年前，有几个人是万万不能惹的?"

唐涛说："不就是'五朵金花'吗? 他们早就散了，你该不会说他们就是……"他这么说着，望了一眼安康跟方桃，一下倒吸了一口冷气。

林朝颜这时候缓缓念叨："金枝方桃庭院深，百里宝玉是安康。"

安康听了哈哈大笑，方桃也跟着笑了起来。

唐涛突然腿一软，吓得几乎要跪下来。

安康吓唬唐涛说："你把你的二宝哥马上叫来，我得拜见你的老大!"

唐涛脸色苍白，安康的名字他无数次听人说起，那几乎是传说中的人物。他吓得话都说不清楚说："大……大……少爷，我……我……"

安康头一扭对林朝颜说："小同学，你过来。"

林朝颜走上前，安康问："你怎么认识我们的？"

林朝颜说："我在学校档案室看过你们的档案，上面有照片。"

安康说："是这样啊！你叫林朝颜，这名字真不错。"他从钱夹里掏出一张名片，递给林朝颜，然后说，"以后有事找我。"安康又对方桃说："这里不清静，我们走吧。"两个人转身就往门口走去。

这就是人生际遇。很多年后，林朝颜成了南泽另一个传奇一般的人物，这一切都是因为这天遇见了安康，并且想也没想就打出了那一拳。

快走出门口的时候，方桃说："很久都不曾见这么聪明的男孩儿了，我觉得林朝颜有点像当年的你。"

安康说："你难道没发现，他长得很像莫朝春？"

方桃一拍脑袋，说："你还别说，是挺像的。"

安康说："方桃，其实你一直都是喜欢莫朝春的，对吧？"

方桃突然停下不走，然后望着安康，"你刚才说什么？"

6

方桃停下来，望着安康，她没想到安康突然说出那句话。她顿了顿，尽量让自己平静下来，她要回答安康问题。你知道的，这是方桃内心的秘密。

这时候忽然下起了雨，安康赶紧拉着她往学校的小凉亭跑去。

雨淋湿了安康，雨淋湿了方桃，雨也彻底瓦解了方桃的心理防线。

她向我讲起她的秘密。一样的夏天，一样的下雨天，她也曾讲给安康听。

方桃的暗恋故事带我回到一九三一年，回到中四十一班，回到那个阳光慵懒的夏末早晨。莫朝春非常从容，气定神闲地推开门，大摇大摆地走到教室里，然后旁若无人地走到最后一排一个空位上，坐下。

他当时穿了一件花衬衫，灰蓝色格子西裤，一双皮凉鞋。他的每一个根头发都充满了魅力。

这之后是全校会操，第二天莫朝春断了手，方桃知道他是假的，在偷懒。

莫朝春不用出校，整天坐在阴凉处，像来学校视察的要员。

方桃远远望着他，莫朝春穿着美式军官的夹克衫，坐在阴凉里，一天能喝八瓶消暑茶。

后来有一天，方桃看到莫朝春一个人坐在教室里发呆。她跟着一个女孩儿走进去，路过莫朝春身边的时候女孩儿不小心撞到莫朝春打石膏的胳膊后，方桃跟莫朝春说的第一句话是："小子，你这胳膊没事吧？"，莫朝春对方桃说的第一句话是："你叫的是小子，我叫莫朝春。"方桃从此知道这个男孩儿叫做莫朝春。

莫朝春成了学校里女生目光注视的焦点，以后和他名字同时挂在同学嘴边的人名，叫做杨彩薇，也是自己班上的女孩子。杨彩薇是方桃见过的女孩儿中最美丽的一个，一开始还真的有点妒忌。那时莫朝春似乎对杨彩薇视而不见，整天跟班级以外的女生打交道。

不久，方桃跟杨彩薇成了亲如姐妹的好朋友，一起学习、娱乐，一起讨论人生的理想，彼此没有秘密。方桃说这也是她一直都觉得对杨彩薇愧疚的地方。因为从中四一个周末的晚上开始，她有了一个秘密，她喜欢上了莫朝春。

这个秘密方桃从来没有对别人说起过，哪怕是杨彩薇。她守着这个秘密，她以为根本不会有人知道，没想到安康一切都看在眼里，六年之后，一切成为往事，故事走进尾声，安康才提起。

方桃说，如果不是因为那个叫林朝颜的男孩子长得非常像少年时代的莫朝春，如果她跟安康没有回到南泽一中，如果不是那场雨，她不会开口，她不会讲给安康听。

方桃以为把心里的秘密讲出来后，从此就能解放自己，没想到更巨大的悲伤，更深切的痛苦，在几天过后毫不费力地侵袭了自己。

　　那天晚上也是下着雨，天有点凉。方桃跟着几个女同学在教室准备节目，要参加学校的演出，排练的中间，她听到一阵忧郁的歌声，是个男孩儿唱的。方桃走出教室，看到一个男孩儿淋得浑身湿透坐在教室外面，她认出这是莫朝春，便打招呼说："你怎么也在这啊。跟谁一起来的？"

　　莫朝春抬头望了她一眼，没说话。方桃注意到他神态有点不对，面容憔悴。方桃说："喂，莫朝春，我在跟你讲话呢！"

　　莫朝春低下头"哦"了一声，没有理睬方桃，继续唱着：

　　　　我也曾陶醉在两情相悦
　　　　像飞舞中的彩蝶
　　　　我也曾心碎于黯然离别
　　　　哭倒在露湿台阶
　　　　红灯将灭酒也醒
　　　　此刻该向他告别
　　　　曲终人散
　　　　回头一瞥
　　　　最后一夜
　　这首歌叫《最后一夜》，那天晚上莫朝春像着魔了一样反复地唱，一遍一遍，像一个不知道疲倦的留声机。方桃一开始想莫朝春难道只会唱一首歌？后来发现不对，莫朝春先是唱到喉咙沙哑，再后来字都吐不清楚，没有完整的歌词，声音哽咽。

方桃的眼睛湿润了，她感觉到了莫朝春的伤心。

莫朝春这样唱着，方桃这样听着。

　　曲终人散

　　回头一瞥

　　最后一夜

莫朝春的每一句歌词，每一个音符，每一次停顿喘气，每一下哽咽，都印在了方桃的脑海里，连他每一滴眼泪落在地上，仿佛都能听到清晰的响声。叫方桃无处可躲，无所适从。

"你停下来行不行？""你不要再唱了好不好？"方桃记得她说了这么两句话，又好像没说。后来莫朝春终于不唱了，要回家。方桃才发现他喝了很多酒。出了学校之后，方桃要送他回家，莫朝春不记得回家的路，两个人一会儿往东一会儿往西。

方桃回忆说，那天晚上的雨始终都没有停，那个南泽城到最后只有他们两个人是醒着的。

经历过一个晚上的相处，两个人的关系反而变得疏远了。莫朝春本想找机会感谢方桃，方桃却一直躲着他，连简单的交谈都变得不可能。这令莫朝春很郁闷，以为那天晚上自己一定得罪了方桃。

一九三二年过了年，学校休完寒假。莫朝春、花半王和安康聚在一起闲聊。

安康说："莫朝春，看你挺潇洒，整天这个玲又是那个丽的，班上的女生可没有一人看上你。"

莫朝春说："这叫兔子不吃窝边草。"

安康反驳说："我看你是不行！"

两个人打赌，莫朝春要在班上找一个女生。

莫朝春早就知道，十一班的女生杨彩薇和方桃最为出色。他选择了方桃，原因是杨彩薇有一种天使般令人无法亵渎的气质，而方桃在那天晚上曾见过自己的失魂落魄，自然感觉亲近些。

莫朝春写了一封信，塞到了方桃的抽屉里，然后整天像个保镖一样跟在方桃后面。这叫方桃非常困扰。

方桃并不排斥莫朝春，莫朝春英俊，莫朝春多情，莫朝春有点傻。她不能忘记是那天晚上悲伤的莫朝春。她想，莫朝春给自己写情书只是一时兴起罢了，他的心里一定早有一个难以忘怀的恋人，否则为何如此伤心。

事情很快有了方桃意想不到的变化，莫朝春和杨彩薇成为了一对恋人。之后，方桃对莫朝春的情感只能深埋在心里。

方桃讲到这里起身去冲咖啡，过了许久也没有回来，我想此刻她或许在厨房对着窗外的雨擦眼泪。

我的脑海里再次浮现在南泽一中教室外，昏黄的灯光下，一个少女注视一个正在忘情唱着忧伤歌曲的少

第七章 方桃的秘密

Dreaming of youth

年。这是那个少女的初恋，初恋是她初次的悲伤，他俩注定不会有幸福的未来，也许最初的相识就是个错误。

南泽，只有那个夜晚才是属于他们两个人的。就像我写小说，所有过程都是精雕细琢好的，一切都不能假设，结局只能有一个。

也许夜晚的雨引起方桃思绪，她的情绪压抑。我抱着方桃，直到她像个孩子一样在我怀抱里睡着。

我整夜都不能合眼，为了方桃的悲伤而悲伤。我想让她正视过去，正视自己的感情，我爱她，我不想她总是活在过去里。

160

方桃看着莫朝春和杨彩薇恋爱了，内心很痛苦但是从没有表现出来过。

五个人亲如兄弟姐妹，只是莫朝春与杨彩薇的关系更深一层，方桃看在眼里，心里却越来越痛苦，后来妒忌心掩盖了一切，她做了一件自己永远都不能原谅自己的事情拆散了这对恋人。

一天晚上，五个人在夜总会，方桃暗中让乐队演奏了《最后一夜》，她不知道这首歌对莫朝春会有什么影响，但十分清晰这是他的软肋。果然，莫朝春听了之后脸色大变，一句不说拂袖而去，把杨彩薇抛在一旁，从此两个人有了芥蒂。

从方桃的身上，我发现了妒忌有多么可怕。出于妒忌，她千方百计地要拆散莫朝春、杨彩薇；出于妒忌，她去了上海之后，甚至不惜违背承诺，与杨彩薇通信，原因是害怕杨彩薇跟莫朝春旧情复燃。

这一切既可怕又可怜。后来她才知道，莫朝春藏在《最后一夜》的秘密，仅与他的母亲有关。方桃一步步错下去，心里千疮百孔，所以她最先逃离了南泽，逃到了我的身边。她对于感情的自私以及对命运的反抗，最后都是败了。

<h1 style="text-align:center">7</h1>

方桃说完她的故事，雨已经停了，安康心里多年的疑问得到了解答，有些怅然若失。他安慰方桃说："你别难过了，这也不能全怪你。再说，即使他们不分手，到了最后还是要分开的，你们几个人都是有缘无分，注定不能在一起。"

方桃说："说起来那天晚上的《最后一夜》说明了一切，回头一瞥，最后一夜。这或许是注定了的，这是我跟莫朝春的命运主题曲。"

安康说："你别瞎想，一切都有重新再来的机会。"

方桃说："一切再重来，这多美好。"

安康笑笑，没有再说话，两个人走出凉亭，穿过草坪，往学校大门口走去。

在他们的背后，白志勇老师远远地望着他们，叹了口气，然后朝教学楼的另一端走去。

第八章　困兽莫朝春

1

"杨彩薇，杨彩薇，你为什么哭了？杨彩薇，杨彩薇，你为什么又笑了？杨彩薇，杨彩薇，你不要走好不好？不要走好不好？"

呼喊中莫朝春醒来，醒在自己的床上。他睁开双眼，看到房间门口站着两个人，阳台上也站着两个人。他叹了一口气，索性再次睡下去对一切都不管不问。

164

莫朝春被父亲软禁了。白云大桥与杨彩薇分手后，他回到水云间，刚进大厅就看到父亲莫大川正在大厅里等着他。

莫大川一招手，几个人上前抓住莫朝春，像绑票般把他绑回了家，软禁在他的房间。这些人换班看着他。

莫朝春心急如焚，他知道自己没有逃出去的可能。从他的房间走到前厅再走到大门有一段路，这段路现在一定会有近二十个保镖把守。房间的窗户已经被封死，露台门口边有两个人守着，就算自己能到达露台，就算自己敢从三楼跳到院子里，院子里还有父亲的手下来回巡逻。这简直是铜墙铁壁，插翅难飞。

2

南泽酒厂位于南泽城西北面，毗邻白河，是华东数省酿酒业的庞然巨兽。厂区矗立着一幢耗费无数金钱建造的白河大楼，莫大川办事的房间位于大厦的最高层。

莫大川又高又胖，刀眉虎眼，双瞳炯炯有神。他看上去稳重干练，有一种霸气。此刻莫大川眉头紧锁，自己的儿子在自家门口被人砍了，这后面似乎隐藏着更大的阴谋。在南泽公园到手前，莫大川打算对儿子一直实行软禁。他知道，无论在商场上还是自己的人生里，他唯一的弱点就是他这个宝贝儿子。

莫大川正想着，有人敲门。莫大川知道是心腹陈正泰来了，他正在等他的到来。

莫大川问陈正泰说："事情查的怎么样了？"

陈正泰说："都查清楚了，在南泽公园上和我们竞争的有三家。"

莫大川说："说说，都有哪三家？"

"张万发，方常胜，还有花家。"陈正泰回答道。

莫大川说："这个方常胜是什么人？"

陈正泰说："据说他是方市长的胞弟，这次竞争，他可能是最大的对手。"

莫大川摇摇头，说："方书平在这件事情上是起不了多大作用的。方常胜恐怕得当个陪衬。"

陈正泰说："方家是不可能拿出这么多的钱。这么说，我们这次胜出的几率又大了几成。"

莫大川说："安泽生那个老狐狸有没有什么动静？"

陈正泰说："他只是看中南泽公园旁的一个地段，没有大动作。"

莫大川说："安狐狸老了啊，没魄力了，不敢出来争了。"

166

莫大川盯着陈正泰，问道："花家的花半王可是花旭东留下来的儿子？他好像跟春儿是同学？"

陈正泰说"是。据说现在花半王执掌花家，其实大部分的事情是花白秀做的。花家自从花旭东死后，生意一落千丈，花园酒楼一直亏损。"

莫大川叹口气说："花旭东是个很好的对手，可惜死早了。"停了一下又说，"正泰啊，你要记着瘦死的骆驼比马大。要密切注意花家的一举一动，你先下去吧。"

陈正泰出去后，莫大川站在窗边，不知道向外在看些什么。

马大炮敲门后进来。他是个满脸络腮胡子的精壮汉子，莫家的保安队长。

莫大川见他来了，说："都查清楚了吗？"

马大炮直点头，说："老板，我们查清楚了。昨天下午水云居大世界门口袭击少爷的那伙人，为首的叫

'小蚊子',是花家的人。"

莫大川说:"你确定?"

马大炮说:"人我都抓到了,他自己说的。"

莫大川说:"你问清楚是不是花半王指使的,注意别出人命。"

马大炮说:"知道。"就退了下了。

莫大川背过身子,继续向窗外看去。窗外阳光明媚,映照着南泽,显得异常的美丽。

3

莫朝春把头蒙在被子里,在床上一动都不动,守卫以为他睡着了。其实,他脑子在动,乱成一团:杨彩薇现在在哪里?安康怎么样了?花半王已经在准备四平街之战了吧?自己能出去吗?要是自己去不了,别人会不会笑他是胆小鬼?就是出去了,从哪弄人手去跟花半王拼?以后有没有可能与杨彩薇在上海见面?

莫朝春胡思乱想了半天,中午的时候听到父亲在房门外跟保镖讲话。莫朝春从床上蹿到门口,叫道:"爸!爸!你放我出去!"

门口的两个保镖过来按着莫朝春,他动弹不得,嘴里还在叫着:"爸!爸!你先放我出去!""爸!你先放我出去啊!"儿子的声音撕心裂肺,令莫大川心里一阵酸痛，他表面不动声色，吩咐保镖看好自己的儿子，然后出了莫宅。

莫朝春坐到桌子前，打开抽屉翻里面的东西解闷。抽屉里存放着莫朝春从小到大许多值得纪念的东西：小时候戴的金锁，中学的校徽，有第一次收到女孩儿的情书，看电影的票根，干了的玫瑰花瓣，还有许许多多的照片。莫朝春翻着翻着，翻出了杨彩薇写给他的一封信。

这是杨彩薇给他写的第一封信。他熟悉纸上的每一个字每一个段落。有一段时间莫朝春一直把这封信带在身上，没事的时候就拿出来读一读，读着读着嘴角就会不自觉地微笑，接着又忍不住想哭。过去美好的事情，像潮水一样拍着他的心扉，可是过去是再也回不来了。

最初，莫朝春没想过自己和杨彩薇成为一对恋人。杨彩薇太美了，美得在莫朝春的心里只能用"圣洁"来形容。莫朝春想，能远远看着杨彩薇就行了，不敢上前亵渎。

一次，莫朝春被白志勇罚站。天气很冷，莫朝春在教师办公室外面更冷。下课的时候，杨彩薇来了，她是国文课代表，来教师办公室帮助老师改作文。杨彩薇看到莫朝春又是跺脚又是搓手，就问："你干什么了？又被罚站？"

莫朝春冻得话都不想说，咕哝了句："迟到，'小白龙'对我总是拿着鸡毛当令箭。"

莫朝春话没说完，就看见被他尊为"小白龙"白志勇老师铁青着脸走了出来，招手让他进屋。白志勇老师坐在椅子上，开始数落莫朝春，他从抽屉里拿地一叠花花绿绿的信，说："这都是你给四班房静写的情书，人家父母找到学校来了。你说你整天都在忙什么？"

杨彩薇伸头瞧瞧，乖乖，一大摞，得有二十封，心想这个"南泽第一浪子"莫朝春真不是浪得虚名啊。

莫朝春因为杨彩薇在，竟对白志勇的训斥害羞起来，往常他都是无所谓的。他咕哝了一句，"还不是忙这些。"

杨彩薇捂着嘴轻轻地笑了。白志勇老师白了莫朝春一眼，继续训斥他，直到有人把他喊了出去，莫朝春这才逃过一劫。

白志勇老师刚走，莫朝春立刻蹲在地上，如释重负地长出一口气。

杨彩薇讥讽他说："你刚不是说是因为迟到被罚站的吗？"

莫朝春望了她一眼，说："改你的作文吧，少管闲事。"

杨彩薇说："我这不是在改你的文章嘛。"然后照着念了几句，说，"你情书写得挺好的，怎么作文写成这样？四十分吧。"

莫朝春说："四十分就四十分呗，我这是隐瞒实力。其实情书都不是我写的。"

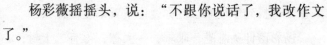

　　杨彩薇"啊"了一声，说："不是你写的是谁写的？情书还能找人代写？真是头一回听说。"

　　莫朝春说："不告诉你，告诉你了回头你也找他写，他就不帮我写了。"

　　杨彩薇摇摇头，说："不跟你说话了，我改作文了。"

　　莫朝春站起来，斜眼看杨彩薇，这一看，竟呆在那里。杨彩薇的眉、眼睛、头发、嘴唇，以及她的容貌，让这个自以为见识过世上的千娇百媚、万种风情的女子的莫朝春，在冬日的余晖下，才第一次懂得什么是美。美是让周围的一切变得黯淡无光，美是连时间都停下来不忍心打扰，美是忘记了身在何处忘记了呼吸，美，就是杨彩薇。

170

　　那天下午在教师办公室，莫朝春不经意的一瞥，天使一样的杨彩薇在他的脑袋里留下不可磨灭的印象。以后几天，莫朝春寝食难安，那幅美丽的画面，经常再次出现，一次一次，来来回回，叫他又喜又愁，无尽相思。

　　莫朝春决定给杨彩薇写了一封信，这一次是亲自动笔。笔下出现"亲爱的彩薇"的字样，想想不妥，改成了"杨彩薇同学"，又觉得太严肃，最后就写了"杨彩薇"三个字。如此这般从抬头到正文再到落款，反复修改，写到天蒙蒙亮，却不想第二天一早在操场做操把信丢在了操场。过了好久，杨彩薇当着莫朝春的面，抑扬顿挫地朗诵这封穷尽修辞、滥用辞藻的情书，他羞得差点没从楼上跳下去。

莫朝春把信丢了，心想直接向杨彩薇表白得了。可那些日子，方桃像是故意跟他捣乱一样，总与形影不离。以后莫朝春更发现向杨彩薇告白是一件何等困难的事情：约杨彩薇晚自习一起写作业，下午白志勇老师突然宣布今天晚上自习不用上了，同学们欢呼雀跃，莫朝春差点哭了出来；安排了两个人扮劫匪，晚上在杨彩薇经常走的小路埋伏，莫朝春要上演英雄救美，那天安康却和杨彩薇走在一起，将两个"劫匪"一顿好打，躲在暗处的"英雄"看得哭笑不得……总之，那段时间莫朝春如同衰鬼附身一般，什么都不顺。最后，他几乎怀疑上天是不是不让他去接近这个叫杨彩薇的天使。

或许后来上天打了瞌睡，不留神让莫朝春钻了空子。

那天本是五个人在一起，先是花半王家里有事，走了。跟着安康不舒服，方桃坚持要送他回家。真是"皇天不负有心人"，就剩下了杨彩薇和莫朝春两个人。

莫朝春说："就剩我们俩了，我们现在去哪儿啊?"

杨彩薇说："回家吧，没什么好玩的。"

莫朝春说："才几点，回什么家啊!"

杨彩薇说："那我们去街上逛逛吧，我想买个发卡。"

莫朝春一听，简直是心花怒放，他可是陪女人逛街的行家里手。

　　两个人真的走在南泽最繁华的南泽大道上，莫朝春才发现他的怒放不起来了，对于他一辈子最大的错误是不能跟杨彩薇逛街。没超过五十步，他已经看到三个熟悉的女孩儿。继续走下去，不知会遇上多少人呢，当中有被莫朝春这个薄情少年郎抛弃的，看到他都恨不得能用眼神杀他千万遍。

　　莫朝春知道坏了，清纯男生的形象是伪装不下去了。

172

　　果然，没多大一会儿，聪慧过人的杨彩薇发现了这一点，她知道莫朝春风流成性，故意对他说："莫朝春，怎么这街上这么多女孩儿都像是跟你有仇一样，她们看你那眼神，就像你欠了人家钱似的。"

　　莫朝春说："哪有，我不认识她们。人帅遭遇眼光多嘛，我有什么办法。"

　　杨彩薇笑了一下，心里想：今天我就非让你现原形不可。她注意到一个女孩儿看莫朝春眼神最凶狠，便说女孩儿在的铺子东西好，拽着莫朝春就走。

　　莫朝春心里就是一万个不愿意，也得跟着。等进了店，杨彩薇挑东西，他也假装摸摸这个捏捏那个，装作没看到怒目而视的女孩儿。女孩儿却发话了，她说："哟，这不是莫大少爷吗？怎么了？带新女朋友上街啊？"

　　莫朝春知道躲不过了，对她说："这是我同学，你搞清楚了再说话。"

女孩儿听莫朝春说杨彩薇是同学,态度变了,楚楚可怜地问:"那你现在有女朋友吗?"

莫朝春望了杨彩薇一眼,把她看得有点不好意思,然后摇摇头。

女孩儿的声音更委屈了,说:"那你为什么不来找我啊?"

莫朝春"啊"了一声,说:"我上学忙。"

女孩儿又变了脸,说:"忙!是忙着陪人逛街吧?"她说话的时候朝杨彩薇看了一眼,女孩儿话难听起来,说,"我倒要看看你现在的女朋友是哪个骚货?"

莫朝春火了,说:"你嘴巴干净些!"

女孩儿说:"看把你紧张的,我说你现在的女朋友,又没有说你的同学。"

莫朝春真想上去打她两巴掌,杨彩薇拽了他一把,说:"我们走吧,别跟她计较。"

莫朝春正恨不得马上离开这个是非之地,跟着杨彩薇往外走,走到门口的时候,他心有不甘地扭头说:"看在我女朋友的份儿上,今天饶了你。你看你那副丑样,全天下女的都死光了我也不找你。"

女孩儿"哇"的一声哭了出来,莫朝春大摇大摆地走了商铺。

杨彩薇白了他一眼,说:"就不应该跟你一起出来。"莫朝春哈哈大笑。杨彩薇又说:"刚你胡说什么

第八章 困兽莫朝春

Dreaming of youth

我是你女朋友，以后再乱说你就完了。"

莫朝春说："我怎么完了？怎么完了？我就说，我见人就要说。"

杨彩薇说："我不理你了。"她掉头就要走。

莫朝春一把拉住杨彩薇，说："要是我刚才说的是真心的？你能给我一次机会吗？"

杨彩薇没有把莫朝春的话当真，之前她从别人那里已经看到他写给自己的蹩脚情书，觉得挺可笑的，于是说："给你个机会啊，成啊，你在这儿大喊三声'我是色狼'，我就给你个机会。"

杨彩薇的话刚说完，莫朝春真的跑到人群当中，扯开嗓子大叫了三声："我是色狼！我是色狼！我是色狼！"

南泽大道上所有的人，把目光都投到了莫朝春的身上，都把莫朝春当做神经病，指着他笑。莫朝春一脸坦然，笑嘻嘻地回到杨彩薇身边，说："你说话得算数啊！"

杨彩薇仔细打量了莫朝春一下，突然觉得莫朝春傻乎乎的其实挺可爱的。爱情的种子就这样悄无声息地在两个少年的心里开始滋生。

一天，两个人是这样对话的：

莫朝春说："我爱你。"

杨彩薇说："你别跟我说，我听不见。"

莫朝春说："那我打手势给你看，你看，这样在手语里是我爱你。"

杨彩薇说："我也看不见。"

莫朝春说："那你背过身去，我在你背上写，你有感觉的。"

杨彩薇说："冬天衣服穿多了，感觉不到。"

莫朝春说："那这把刀送给你。"

杨彩薇说："我要刀做什么？"

莫朝春说："这把刀你握在手中，要是我对你有图谋不轨的举动，就用它刺我，我绝对不会怪你。"

……

其实他们话没有说完，杨彩薇后面还跟了句："但是你得答应我几件事。"

那天的事情莫朝春记得比自己的生日都清楚。阳光明媚，他和杨彩薇在学校后面的小池塘散步，杨彩薇说出最后那句话，他兴奋的一步没踩稳，掉进了池塘。莫朝春高兴地在水里扑腾，全不顾初春塘水刺骨寒冷。杨彩薇又气又急，说："早知道就不应该答应你。"

第二天，莫朝春迫不及待向人说起他跟与彩薇的事情。刚上课的时候，他告诉了安康，到了晚上放学，几乎全校的学生都知道了。乖乖，大绯闻，天使杨彩薇跟风流大浪子莫朝春恋爱了。莫朝春心情别提有多好，所有的人也觉得莫朝春脱胎换骨，成了另外一个人。

每当莫朝春想到这些，心里仍会感觉到当时的甜蜜。他常常会想，要是这辈子不曾遇见杨彩薇，自己该失去多少欢乐，人生该有多苍白。他们恋爱之后，杨彩薇教他要做个好人，对人要宽容，告诉他这世上有许多比权势、金钱更重要的东西。

没有了杨彩薇，莫朝春只是个空长一副好皮囊的纨绔子弟，不会认真做事，不会真诚待人，不会对人生有理想，不会开心过每一天。没有了杨彩薇，他等于失去了一切，没有了笑容，没有了思想。没有没有没有什么都没有，简直就跟白活在这世界上一样。

莫朝春趴在桌子上真想痛哭一场。他因为一件小事，跟杨彩薇分手。再后来，甚至连"五朵金花"都散了。那一段日子，五个人坐在同一教室，却互不理睬。莫朝春别扭极了，他看到杨彩薇在前排身影，听到她与周遭同学的交谈，他心里难过。再后来，毕业离校时他和杨彩薇在教室的走廊相遇，两个人对望一眼，擦肩而过，莫朝春没有回头，听见杨彩薇急切地跑开后，他蹲在地上，觉得天旋地转，眼前一片漆黑。

176

离开学校，莫朝春恢复风流浪子的老样子，沉醉于灯红酒绿之中。

莫朝春想到这里，叹了口气，想，要是杨彩薇知道他现在这个样子，不知道有多伤心呢。他抬头望窗外，天已经亮了。莫朝春叹了口气，爬到床上睡觉。

距离跟花半王决斗的约定还有三天。他想：以后，我就能和杨彩薇一起去上海了。嗯，我们要一起去上海。

4

五月八日。

安康带着方桃四处在找莫朝春，而莫朝春被关在家里，趴在书桌前靠回忆打发了一整天的时光。

暴风雨前的黎明，南泽市显得异常宁静。

5

五月九日。上午十点零八分。

在兰花小馆跟安康、方桃不欢而散之后，花半王开始忙碌起来。他花了一部分精力放在调度人手上面，敲定去四平街的几组人马，大约在一百人到一百二十人左右；又去白河码头接应了一批刀枪；几个晚上在花园酒楼宴请了父亲的旧部，以及除去安泽生、莫大川以外的南泽其他势力，防止他们被莫家收买，突然出来插手四平街决战。

清早，花半王梳洗之后，起身准备出门。今天他要去银行提一笔钱，中午约了六斤等一批心腹一起吃饭，下午还要去替花然了结一笔旧账。

他在饭厅喝粥的时候，管家过来告诉说，老太爷要见他。

花半王应了一声，整整衣领，穿过种满各种花卉的花园，花园的尽头有一幢二层的旧楼。花家最有传奇色彩的人花半王的曾祖父花醒龙就住在这里。

　　花半王从小非常害怕这个花园，小的时候妈妈告诉他，花园里有妖怪，只要他不听话、不乖就送他去花园。

　　长大了之后，他知道花园里没有什么妖怪，花园小楼住着曾祖父。楼里潮湿阴冷，幽静神秘，始终弥漫着一种说不上来的恐怖气氛。

　　花半王第一次见到曾祖父的时候年纪还非常小。父亲带着他，两个人穿过花园，去见花老太爷。那一次，他最深刻的印象是小楼那扇漆成朱红色的门，颜色红得仿佛人刚流出的鲜血，直晃眼睛。他还记得曾祖父中等身材，说话斩钉截铁，就连一向专横跋扈的父亲在这个老得不知多大岁数的曾祖父面前，都像个不懂事的小孩儿。

　　花半王从父亲那儿，从下人那里渐渐听到一些关于曾祖父的事。据说，清朝的时候南泽的白河码头热闹异常，曾祖父就是独霸码头的帮主，是说一不二的老大。关于他年轻时候的传奇故事真是可以编成书，其中的一些成了南泽历史的一部分。

　　花老太爷六十岁的时候，宣布金盆洗手，从此不问江湖事。后来他的独子花月农被仇家暗杀后曾出山一次，保全了花家，也保住了花月农唯一的血脉花旭东。

他把花旭东调教成花家的掌门人后，再次归隐，躲到花宅的旧楼里，整日吃斋拜佛。现在，花老太爷已经一百零八岁了。

花旭东三年前死在东北之后，南泽所有的势力对花家虎视眈眈。那时候花半王还在读高中，不成气候；花白秀毕竟是个女人，在事拿捏不准。花家再次陷入岌岌可危的境地。一天，花老太爷推开了自己关了二十年的朱红大门，他穿着长袍大褂坐在花家大客厅，见了两个人。一个是"百里阎王"安泽生，另一个是崔老四。花老太爷跟两个人秘密交谈后，南泽风平浪静下来。

花老太爷开始点拨花半王，看着他执掌花家的大权。现在，花家渐渐走出颓势，逐渐复兴起来。

花半王的思绪回到现在，他站在曾祖父的门前。多少年过去，那扇门依旧像吸了血液一般耀眼的红。花半王轻轻叩门，门内传出了老态龙钟的声音："进来吧。"

花半王轻轻推门进去，看到曾祖父坐在中堂右边的太师椅上，屋子里光线很暗，看不清楚他的表情，只觉得眼睛深邃清亮，叫人莫名害怕。

花半王站到一旁弯着腰，说："太爷爷，你叫我？"

花老太爷"啊"了一声，然后非常慢，几乎是一个字一个字地问："准备好了吗？"

花半王回答说："都准备好了。"

花老太爷点了点头，说："好，好孩子。"又对花半王说："孩子，你要记着，家族兴衰，在此一战。"

花半王点点头，说："太爷爷，我记住了。"

花老太爷点点头，不再说话了，花半王见状，轻手轻脚地离开了花园旧楼。

6

五月十日。

安康、方桃没有得到莫朝春的半点消息，打过花半王的电话，接电话的人说他不在。

莫朝春闷在家里，无所事事，发呆了一整天。

距离四平街之战还有两天一夜的时间。

7

五月十一日。

安康被安泽生派的人叫回家。安泽生告诫安康这几天没事就在家待着，不要乱跑。

安康一口应承下来，暗中四处联系人，想尽自己最大的力量阻止十二日晚即将发生的悲剧。

住在客馆的方桃，一天坐立不安，拿不定主意要不要回家把事情的一切告诉父亲。

莫朝春从早晨开始，变得急躁起来。决战就在眼前，自己连自由都被限制了。他试图逃出去，反复几次，挣开了身上的几处伤口，还是没有成功。

莫大川仍为南泽公园归属忙碌着，他不知道儿子与花半王明日在四平街决战。

花半王已经一切安排妥当，晚上早早上床睡了，翻来覆去不能入眠，右眼跳个不停。他内心的最深处，莫名的恐惧占据在那里，似乎要吞噬着一切。

晚十点四十三分，安康收到花半王派人送来的一封信，信上写着：

千万不能让莫朝春赴约。千万不能。

此后安康疯了一般满城市找莫朝春。

晚上十一点十六分，南泽郊区的一条无名小路上，一个俊美的年轻人在路边呼喊："老子终于出来了！老子终于出来了！明天之后我就去上海！"

很快，他消失在一片黑暗之中。

第八章 困兽莫朝春

Dreaming of youth

第九章 四平街之战

1

十二日清早，莫朝春从路边一个小客栈走出来。

昨天深夜，莫朝春奇迹般地从家里逃了出来。事情说来有些戏剧化，莫朝春已经绝望了，以为自己不能赴约参加四平街的决战了。他甚至连挣扎都放弃了，躺在床上像个死人，希望一觉醒来奇迹发生，父亲会大发慈悲放了他。

184

他在床上躺着，望着天花板，忽然看到一件被自己遗忘了的东西。那是一把连发的左轮手枪，放在床头左边衣柜的顶上。枪是父亲送他防身用的，莫朝春不喜欢它，就扔在衣柜顶上，渐渐遗忘了。再次看到这把左轮手枪，他不由一阵狂喜，于是翻身起床把枪拿在手中。保镖发现莫朝春持枪出现在面前的时候，想上前夺他的枪，被他一枪打伤了腿，其他保镖见状不敢拦他。

莫朝春大摇大摆地出了莫宅。莫大川接到保镖的报告，派人四处寻找，哪儿还见莫朝春的踪迹。

莫朝春逃出去后，找到一个有电话的客栈住了下来。他这几天反复想过，在四平街真的跟花半王动起手来，安康不会偏袒任何一方。南泽除了父亲和安家，没有什么帮会势力能与花家对抗。唯一能借用的力量，是百里之外集阳城的唐双应。

唐双应是父亲生意上的伙伴，他是集阳地区最大的黑帮。五年前，他出了事亡命南泽，被莫大川搭救，逃过一劫。事件被莫大川平息后，唐双应重回集阳前，对莫朝春说，不管发生了什么事情，只要用得上他，赴汤蹈火在所不辞。

莫朝春通过电话找到唐双应，他跟唐双应说，想借助唐双应的人马教训一下南泽花家，还撒谎说是父亲吩咐他来找唐双应的。唐双应一口应承下来，两个人约定在信阳通往南泽的岔路口见面。

2

唐双应接了莫朝春的电话后，只想报答莫家大恩的时候到了，他没有打电话向莫大川核实。第二天，他带着百十来号人马，杀气腾腾向南泽进发。

这天的南泽天气出奇的好，晴空万里，夏天不知不觉就这样来临了。花半王在花园酒楼的大厅，望着满屋子的手下，显得心事重重。

3

安康不打算再去找莫朝春，他知道莫朝春要是有心藏起来，怎么找也是徒劳。他也知道，如果莫朝春去四平街，晚上八点钟之前一定会给自己打电话。

安康去找方桃，请她到家里吃晚饭，两个人没提及晚上的事情。

那天晚上安康家里人特别的齐，安康的爸爸妈妈、安康的三叔、六个姐姐、四个姐夫、还有两个外甥和一个外甥女，像过年一样热闹。

方桃被安家人当成安康的女朋友，显得非常尴尬。

安泽生也很高兴，心想康儿如果娶方桃为妻，还真是不错的选择。

186

八点刚过，莫朝春来电话找安康，他在电话里刚"喂"了一声，安康便厉声问道："你在哪里？是不是到了四平街？我找你去！"

莫朝春说："你最好别来，免得伤心。"

安康说："千万别轻举妄动，不要闯祸！"

莫朝春干笑两声，挂了电话。

安康接了电话，站起来拉方桃一起出去。

安泽生这时候叫住他，说："你干什么去？"

安康说："有点事，一会儿就回来。"

安泽生在后头喊道："多带些人去！"

安泽生重新坐下，倒了一盅酒喝下。他已经老了，最大的心愿就是家人能平平安安，争斗方式更喜欢用脑子而不是打打杀杀。

4

下午六点，唐双应和他的人马赶来。莫朝春带他们到了南泽一家大的饭馆，好酒好菜招待。众人酒足饭饱后，分散来到四平街。

相同的时间，花半王在花园酒楼大宴手下，他端起酒杯，耳边又响起花老太爷说的那句话："家族兴衰，在此一战。"

双方为决战准备就绪。

一九三七年五月十二日，晚上九点：莫朝春与花半王决战四平街。

5

我该用什么样的词汇来形容四平街呢？古老的？血腥的？或者是像往事一样黏稠悲伤的？至今我仍然无法得到自己满意的答案。

我四十六岁的时候，在一个夏天的夜晚踏上这条街，沿着青石板路从街头走到街尾，我站在石头牌坊下面回头遥望：我看不到渗入砖缝的血迹，也听不到传说中萦绕耳边的刀片呼啸，我甚至忘记了曾发生在这条街上这样那样的故事。那一刻，我的心头正下着一场大雪，感觉有许多人和我一起在颤抖，他们在黑夜里说："我好冷啊，我好冷啊，真的好冷啊。"

我真的好冷啊。

6

四平街位于南泽老城区的中央，两旁的房子都明清两代建筑的。

整条街长大约三百米，宽十米，两头立有牌坊，上面刻着"四平街"三个大字，路面铺的是青石板。

四平街居住着是南泽祖祖辈辈生长在这里的原住民，除了沿街一些小商铺以外，其余都是普通民居。他们住在古老的木质结构房或者青砖瓦房，过着安静祥和的日子。

晚上八点多的时候，四平街非常安静，偶尔传来几声狗吠，这里太僻静，连路灯都没有。

八点四十分，街口突然热闹起来。来了一批人，是莫朝春和唐双应带着第一拨人马，大约三十多人，他们在月光中穿过牌坊，走到街心一处比较宽敞的地方。

四平街中最先察觉出事了的是住在街心的裁缝老王。他先是听到脚步声，跟着又听见许多人低声说话。他上了二楼，从窗户向外望出去，发现街心围着有数十人。他感觉到一股杀气侵入肌肤，心里一惊，心想：四平街有谁得罪了这帮人？

他怕惹是非，不敢再看。他睡在楼下，嘈杂声越来越大，似乎来的人越来越多，不单他早先看到的这边来了人，街的另一边好像也涌来一大帮人。老王再次上了二楼，伸头望去，对面有家人亮了门灯，他才看清楚了一些。街心的人分两拨站在两边，都有百余人，全是青壮年的男人，大多数人手里都拿着家伙，是些二截棍、三截棍、长刀、木棒的。

此时，晚九点差三分。

四平街被惊动的人也越来越多。

老王才明白这是黑社会帮派火并，他在南泽活了大半辈子，这样的大阵势还是头一回看见。

九点刚过，两方的人都到齐了。西面的人群里走出一个英俊的少年，他握一把长刀，站在两拨人的当中，大喝一声："花半王呢？花半王呢？叫花半王给我出来！"

老王没有见过这个少年，但觉得他无比眼熟。少年喊出花半王的名字，老王心里咯噔一下，他认得花半王这个孩子，因为，他为花家做过衣裳。

少年呼喊之后，对方的人群里也走出一个人，是六斤。六斤笑着说："莫朝春，莫大少爷，收拾你们还用我们花家大少爷亲自出马吗？"

老王这才知道，英俊少年原来是"酒王"莫大川的儿子，对面是花家的人马。他想，他们两家怎么会打起来了？这下南泽真出了大事了。

　　莫朝春大笑一声，说："哈哈，花半王，你到底还是害怕了吧？你到底还是害怕我了！"然后举他起长刀，指着六斤的鼻子说："赶快滚回去叫花半王来，我在这等他！"

　　六斤好像没有听到莫朝春说些什么，根本不理睬。

　　花半王没有来，让他莫朝春感到意外。印象里花半王从来不是怕事的人，此时莫朝春情绪激动，没去想花半王是出于过去的情谊没有来，只是以为他害怕了，是胆小鬼。花半王没来让他觉得很失望，憋了这许多天，就是想用暴力对他宣泄。

　　莫朝春走神的工夫，六斤退了回去。

　　六斤回到人群中，突然掉头，喝了一声："莫朝春！我叫你今天走不出四平街！"说完，他用无比凌厉的动作从腰间抽出短刀，挥刀就上。

　　花家的人得了命令，手持各种家伙，冲了过来。

　　莫朝春没想到花半王没来，六斤这个小头目也敢带着花家的人动手，他挥刀挡住六斤刺过来的短刀。唐双应是个老江湖，一见这阵势就知此战难免，一挥手，手下的人一拥而上，两帮人混战成一团。

　　住在四平街的人被惊醒了，呼喊声、金属撞击声，响彻在四平街。老人们披上衣服，坐在床边，表情木讷；年轻人心情紧张，坐立不安；小孩子吓得哭个不停。

所有的人都失去理智。他们手持刀棍，浑身都是血，双眼通红，只懂得杀戮，只知道要想活下去，就得置对方于死地。

四平街变成了沙场，血流遍地，四处哀号，场面惨不忍睹。

四平街的居民透过窗户、门缝观望着，最后都掩住双眼，连男人都惊恐地要叫出声来。谁也不知道两伙人有什么深仇大恨，会如此厮杀，这样拼命。

我真的认识你吗？

今天晚上为什么要来四平街呢？

妈妈，妈妈！我不想死，我真的不想死。

冷，我好冷。

厮杀的人，大都是些年轻人。他们是祖父母的孙子，是父母亲的儿子，原本世上还有许许多多美好的事情在等着他们。他们不应该到这里来，不应该这样挥霍生命。

他们身上的血，从青石板的缝隙里流下去，渗入泥土中。每一滴血，又会包含多少亲人的眼泪？以后亲人为他们哭泣，他们再也感觉不到了。

四平街疯狂了，莫朝春也疯狂了。

花半王，你为什么不来！你为什么不来！你不来我怎么能去得了上海？花半王，你为什么不来啊！莫朝春在心里呼喊着。他浑身都是伤，红着一双眼睛在人群里像一头野兽，他恨透了花半王，花半王不来，就不能和他做个了断，今天的决战毫无意义，所有人也是白流了血，白白死去，莫朝春还是去不了上海，不能再见到杨彩薇。花半王，你是我的兄弟，但是没有人比我更爱杨彩薇。

两帮人械斗了数十分钟，伤亡都十分惨重。如果再厮杀下去，恐怕所有的人都得同归于尽。

7

南泽警察局局长孟庆有是个秃顶精瘦的中年人，他正在家里悠闲地打着麻将牌，电话响了，是警察局值班警察打来的，他声音急切，说："局座，四平街有帮派火并。"

孟庆有不耐烦地说："你派几个人过去看看不就行了，这种小事你还来问我？"

值班警察说："这次不一样，局座您不去恐怕解决不了。"

孟庆有火了，说："怎么？非得我去？"

值班警察说："局座，听说是花家的人跟莫大川的少爷打起来了。双方有几百人，整个四平街乱成一片。"

孟庆有想这可是件大事，非自己出面不可。他乘车去了警察局，召集了南泽大半的警卫力量，七八十个警察，往四平街方向开去。

此时，南泽许多有权势的人得知花家与莫家开战的消息。

安泽生在家静观其变，花家、莫家火并对自己来说是条好消息，他希望事态发展更热闹些，最好能够两败俱伤。

安康带了一帮人，心急火燎地赶往四平街。

方桃在客馆里坐卧不宁，在等安康的消息。

莫大川在水云间大世界请几个朋友吃饭，饭吃到一半马大炮急急忙忙推门进来，在莫大川耳边说了两句话。莫大川的脸色立刻变得刷白，忙站起身跟马大炮走出雅座。马大炮在走廊里告诉莫大川，莫朝春带着唐双应的人在四平街跟花半王开战了。

莫大川震惊不已，本以为儿子只有吃喝玩乐的能耐，根本想不到，他会领着人跟别人械斗，而且竟是南泽最难缠的花家。他吩咐叫马大炮立即带着人赶到四平街，要全力保护莫朝春的安全。

莫大川回到酒桌，与朋友寒暄几句，便离席追赶马大炮去了。

8

大约九点三十分的时候，四平街里的局势又有了变化。从四平街的两头，又涌进来一帮人，让原本厮杀在一起的两帮人暂时分开，回到之前对阵的局面。

莫朝春停下来，他全身都是血，身上数十处新伤。事情发展到这种地步，他早有预料，只是想不到一向争强好胜的花半王居然没有来。孤傲的莫朝春曾想，就是今天晚上真的死在四平街，一定只能死在花半王手里。看到新来的一批人，他知道多半是安康赶到了。

但并非如此，新来的人是花老太爷派来的援兵，他们与同伴汇合，把莫朝春与所剩不多的集阳人围了起来。六斤对援军的到来并不诧异，一切都是花老太爷安排好的，今天晚上莫朝春是非死不可的，这是花家再次称雄南泽的开始。

194

莫朝春一看来的不是安康的人，心里没了底。他伸手去摸腰后的枪，知道今天晚上恐怕凶多吉少。唐双应在莫朝春身边问："怎么会有这么多人？你说只是带人来摆一下场面，没别的事，现在你看死了多少人！"

莫朝春闷哼一声，说："现在说什么都没用了，没有别的选择了。"

六斤对莫朝春说："春哥，到了阴曹地府，你可别怪我，我只是个听命之人，要怪只能怪你是莫大川的儿子，只能怪你是莫朝春。"

莫朝春冷笑一声说："这次栽了，我没什么话好说。有一句话我得问你，你得让我明白我为什么要死。"

六斤说："具体的我也不知道，只知道你的死跟南泽公园属于谁有关系。好像说你死了之后，花家得到南泽公园的机会就大了。"

莫朝春"哦"了一声，一直到这一刻，他才听说了有个什么南泽公园。他望向六斤，问："那我再问你，要杀我是不是花半王的意思？"

六斤说："不是。这是花老太爷的意思，大少爷对你有情，但是他又不能不听老太爷的。"

六斤说到花老太爷时，莫朝春打了个冷战，脑海里突然浮现出前几天两次去花家看到的那个老人，他挂个龙头拐杖站在二楼阳台望着他，他的眼光像鹰一样锐利，叫人不寒而栗。是他？他就是传说中的花老太爷？他为什么非要我死？莫朝春回过神来，觉得自己像是被人愚弄了，非常愤怒。他又问六斤："花半王知道这件事吗？"

六斤说："我们大少爷自然是知道的，本来老太爷是叫他亲自带队的，最后一刻他退出了。告诉我们他不想对自己的好兄弟下手，所以他没来。"

莫朝春知道他所言不假，大笑了两声，然后说："好好好，好兄弟，好兄弟。真是我的好兄弟啊！"跟着又说，"这样我也就没什么牵挂跟顾及了。"

远远传来尖厉的警笛声，可能是警察正赶往四平街。六斤知道不能再磨蹭了，他动作极快地从腰里拔出一把手枪，照着眼前的莫朝春就是一枪。正中莫朝春的头部。

在附近二十米不到的安康停住了脚步。

客馆的方桃突然觉得一阵寒风刺骨，她连忙起身去关窗户。

杨彩薇躺在床上突然莫名流泪，李如云心慌意乱，不知道如何安慰她。

花半王站在花园酒楼的顶层，望着四平街的方向，他的右眼狠狠跳动了一下。

星星陨落，魂飞魄散。

莫朝春无声地倒在地上，他没有觉得痛，觉得眼前流光飞过，然后是无数的画面，这一生，这二十年，那些他忘不了的事情，从他眼前迅速掠过。他看到自己小时候爸爸妈妈拉着他的小手去逛公园；他看到许多的女孩儿从他身边匆匆走过；他看到白云大桥，看到五个人被路灯拉长影子；他看到杨彩薇，一个人孤零零地走在黄昏的南泽大道上，他想去拉住她，可是没有丝毫力气，想喊她的名字，又说不出一句话。莫朝春听见无数个声音响在耳畔：

"春儿，今后你要学会照顾自己。"

"小子，你这胳膊没事吧？"

"我没跟你成朋友之前，我以为你是个没出息的小丑，后来我知道了，你他妈的是个大英雄。"

"我爱你。"

"你愿意跟我一起去上海吗？"

莫朝春在心里说："我愿意我愿意我愿意啊！"但是他已经说不出来了，他倒在四平街的青石板路面上，他浑身都是血，他的眼角还有泪。

曲终人散。

回头一瞥。

最后一夜。

莫朝春死了，这个南泽英俊风流的少年，这个天生的情种，这个无数少女的暗恋对象，这个说好了要带杨彩薇去上海的人。他死了，他倒下去了，没有了呼吸没有了知觉，没有了痛苦也没有了希望。

死，就是什么都不存在，什么都不再拥有。

一九三七年，五月十二日。莫朝春，殁。

9

枪响之后，安康回过神来，连忙飞快向街心跑去，但是他跑得再快也没有用了，莫朝春已经死在了街当中。安康推开众人，跑到街心中央，一眼就看到莫朝春躺在地上。他扑过去，发现莫朝春已经没有了气息。

安康大叫了一声，瘫倒在莫朝春流出的血泊中。安康痛哭流涕，一个劲地推莫朝春的尸体，试图把他推醒。安康哭着说："我叫你不要跟他斗！我叫你不要跟他斗！你看，你看，你睁开眼睛看看啊！"

莫朝春像是在沉默不语，像在为着自己的鲁莽不好意思与安康说话。

安康的手下这时候都匆匆赶来，见到安康正坐在地上哭泣，一旁是莫朝春的尸体。安康的手下有几个年纪大的是看着安康长大的，谁都不曾见到，他几时有哭得这么伤心。

有人把安康拉起来。六斤看到安康来了，不敢再有什么举动，站在一旁。

安康稍稍镇定了一下，冲着花家人问："花半王呢？花半王哪去了？"

六斤没敢说话，另外有个人回答道："我们大少爷今天根本就没有来。"

安康吼了一声："那莫少爷是谁开枪打死的？"

六斤低下头，却不想安康正望向他这边。安康冲上去，一脚就把六斤踹到地上，狠狠踢了几脚，然后说："我就知道是你这个畜生，你胆子可真大啊！"

安康招招手，示意手下把枪递给他，他要给莫朝春报仇。

手下那个人面露难色，说："少爷，老爷叫我们不要闹事。"

安康说："你只管拿来，天大的事情有我顶着。"

那个人犹豫片刻，从怀中掏出一把枪，递给安康。

安康接过枪，子弹上膛，然后对准六斤，他把头扭向莫朝春，说："莫朝春，我这就给你报仇。"

六斤吓得又是磕头又是作揖，说："康少爷不要啊，康少爷不要啊，我只是替我们大少爷办事的啊！"声音十分之凄惨。

　　安康说："我不管你是不是受人指使，你开枪打死莫少爷，你就死定了。"

　　六斤知道难免一死，便闭上眼睛，反倒坦然起来。

　　千钧一发之际，突然有人大喊一声："住手!"

　　安康放下枪，望过去，只见警察局局长孟庆有带着一队警察，满头是汗，小跑过来。

　　安康把枪别在腰后，说："孟伯伯，您来了。"

　　孟庆有问："不是花半王跟莫朝春打起来了吗？怎么他们俩没见，你却在这里？"

　　安康说："花半王没来。"

　　孟庆有又问："莫朝春也没来？怎么这么多人死伤？"

　　安康吼了一声："莫朝春已经死了!"

　　孟庆有惊得退后一步，心里想，莫朝春死了？这下南泽真出大事了。

　　安康看到孟庆有率领警察到了，知道再纠缠下去也没什么意思，于是说："既然孟伯伯来了，我也就不再这给你添麻烦了，我带着我的人先走。"

　　孟庆有知道安康没有参与械斗，点点头，说了句："路上小心。"

　　安康点点头，带着自己的人黯然地离开了四平街。

这个时候，裁缝老王还有四平街一些趴在窗户、门缝里看的人长出一口气，心想这场劫难结束了。

　　安康走后，花家、唐双应两拨剩下的人见警察来了，准备四散逃开，却发现街的两端已经被警察封住。孟庆有招手示意抓人，手刚举起来，听到有个人在他背后重重咳嗽了一声。

　　孟庆有回头一看，竟是莫大川。

　　莫大川看着街中莫朝春的尸体，表情悲痛，老泪纵横。孟庆有见状，忙过去劝慰，说："一定彻查此事，还莫朝春一个公道。"

200

　　莫大川点点头，他把孟庆有拉到一边，耳语了几句。孟庆有一挥手，他带来的所有警察突然消失了。莫大川跟孟庆有借了二十分钟，他要给儿子报仇。马大炮率领莫家的大队人马，开始围剿花家剩下的人。

　　很多南泽人以为花家与莫家的四平街决战只有一战，其实是两战，以莫朝春的死为界，之前一战，是莫朝春和唐双应为首的集阳人跟花家之战。之后一战，是马大炮带来的莫家人手与扫荡花家之战，时间只有十分钟，但惨烈程度却是有过之而无不及，他们都怀着强烈的复仇之心，把悲伤、愤怒全都发泄在对方身上。

　　莫大川冷冷站在一边，他觉得就是杀光所有花家的人，也不能抚慰自己的丧子之痛。

　　事后，裁缝老王回忆当时的情景，说最后的十分钟根本不能算械斗，简直就是屠杀，场面太过残忍。

马大炮带领人彻底收拾了花家的人，然后抬着莫朝春的尸体从一头的牌坊离去，跟着孟庆有带着警察抓走没死受伤的人。

四平街决战，死伤众多。死者中有一个人叫六斤的，手筋脚筋全被挑断，全身不知道有多少个刀口。

四平街就这样成为一个传奇。

第九章　四平街之战

Dreaming of youth

第十章　去上海

1

　　杨彩薇没有离开南泽。那天夜晚，杨彩薇在火车拉响汽笛、即将离开站台的时候动摇了，她想等等莫朝春，和他一起去上海。杨彩薇回到李如云的住所，想等几天莫朝春处理事情，然后两个人远走高飞，再也不回南泽。

　　十二日晚上，杨彩薇早早上床睡了。九点半的时候，她突然梦见莫朝春一身都是血，在白云大桥上狂奔，她跟在后面拼命追赶，两个人始终差了一段距离。直到最后，莫朝春忽然转过头来，满面鲜血，狰狞可怕。

　　杨彩薇惊醒过来，开始为梦中的莫朝春哭泣。刚下班的李如云问她为什么哭，杨彩薇不说，只是莫名地哭。李如云告诉杨彩薇，她在夜总会听客人说，今天晚上莫朝春与花半王要在四平街决战。

　　杨彩薇一听，慌忙下床，穿好衣服，像中了邪一样跑了出去，李如云跟在后面，两个人一起跑向四平街。到了四平街是十点多钟，那场血腥的决战已经结束，街上一个人也没有。杨彩薇失魂落魄，没有看到莫朝春的身影，也没有见到花半王。杨彩薇急火攻心，脑子一昏，晕倒在四平街。李如云费了九牛二虎之力，才把杨彩薇弄回住所。

第二天早上，李如云出门打探消息，听到有人说："知道吗？南泽最富的莫家少爷昨晚死在了四平街。"

杨彩薇听了李如云转述别人的话才知道，当昨天晚上自己做噩梦见到莫朝春的那一刻，莫朝春死了。

2

上午，方桃离开客馆，准备去水云间大世界莫朝春的灵前拜祭。经过一夜的折磨，此刻她已经冷静下来。昨天夜里，安康独自来到客馆，方桃看见他像丢了魂似的，心里隐隐有种不祥的感觉。

安康坐在沙发上，开始一言不发，沉默良久。

方桃问："出了什么事情？你倒是说话呀！"

安康不出声。方桃又问莫朝春跟花半王怎么样了？安康仍然不回答。

方桃说："安康你倒是说话啊，你可急死我了。"

安康大哭起来，方桃也哭了，说："安康，安康，你别哭，你别哭，到底发生什么事了啊？"

安康说："莫朝春死了。"

方桃一听，坐到床上没了声音。她和安康对坐着流泪，难过了许久。

方桃打算在南泽最后陪莫朝春一天，然后回上海。

3

"南泽酒王"莫大川派人封锁了南泽所有能出逃的路径，他悬赏五十万大洋，买花家大少爷花半王的一条命。

莫大川一夜之间像是老了十岁，眼神黯淡，面容憔悴。他站在灵堂里，看人们进进出出，吊唁自己的儿子莫朝春。

安康跟方桃站在灵堂，一言不发，盯着莫朝春的照片发呆。

安康见不少女孩儿流着眼泪看莫朝春，对着莫朝春的照片说："莫朝春啊，你这下该高兴了吧，你看这么多女孩儿都还记着你，都来看你了呢！"他的句话，搅动了方桃的心，她痛哭起来。

安康想起了杨彩薇，她不来的话，莫朝春死都不会瞑目的。

其实杨彩薇早已经来了，她一直站在灵堂外。杨彩薇觉得自己对莫朝春有太多的愧疚，觉得莫朝春之所以会死，全是因为自己。杨彩薇跪在地上，远远望着灵堂的棺材和莫朝春的照片哭到身体发软，失去知觉。

莫朝春，你为什么要死啊？

你不是说过要带我去上海的吗？现在剩下我一个

人，我应该怎么办？

灵堂上莫朝春英俊的面孔安放在黑色相框中，双目炯炯，注视着眼前的一切，注视着远处瘫倒如泥的心爱女孩儿，眼睛一眨不眨，脸上似笑非笑，他的表情，永远都是那么潇洒。

4

花半王开始坐立不安了，他知道了莫大川要花五十万大洋买他命的事情。除了烦躁不安，他也感到奇怪。昨天晚上发生的事情有许多出乎他的意料，后来他才知道六斤原来一直听命于他的曾祖父的，整个事件是曾祖父设计好的，不管自己去不去四平街，莫朝春都难逃一死。可是如果去了四平街，有可能制止六斤的行动。就算六斤最后还是枪杀了莫朝春，别人会知道这并不是花半王的命令。现在一切都迟了，没有人相信花半王在莫朝春死的这件事上是清白的了，安康、方桃、杨彩薇都不能原谅自己。

花半王想来想去，乱成一团，最后决定去见曾祖父。

花半王穿过花园，来到那扇紧闭的朱红大门前。他轻轻敲门，然后喊了声："太爷爷，我来了。"屋子里寂静一片，并没有人回答。花半王站在门口静候了一会儿，仍是没有丝毫动静。

花半王突然有了不祥的预感，他推开门，噔噔地上楼，来到曾祖父的书房。

曾祖父已经死了，他坐在书桌前面的太师椅上，表情平和，像是在闭目思考。

花半王的头轰的一声，唯一可以依靠的曾祖父竟然死了，他突然感觉到一种寒彻心扉的绝望。花半王愣了一下，发现书桌上用镇纸压着一张纸，纸上面写了几个毛笔字。

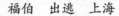

福伯　　出逃　　上海

原来曾祖父预料将要发生的事情，他叫自己逃往上海，可是所有的路已经被莫大川封锁了，怎么逃呢？也许，花家的老花匠花福是唯一知道答案的人。

花半王跪在地上给曾祖父磕了三个响头，然后准备齐出门的衣物来到花房。花房的福伯像是等待了许多年一样坐在凳子上，他很老，老得让人猜不出年纪。花半王忽然发现，他在花家二十年，以前竟连一句话也没有跟福伯说过。

花福说："大少爷来了。跟我走吧。"他带着花半王穿过花房，走到一个暗门前。

花半王想，我怎么不知道家里还有这么个门。花福开了门，暗门通向花家大宅后面临街的一间房屋，里面停着一辆半新的吉普车。

花半王坐到驾驶坐上，花福说："你不认识路，我来开。"

花半王心里疑惑，福伯竟也会开车？他没有说话，挪坐在一旁的坐位上。

花福面无表情地说："大少爷，你坐在后面，摇上车窗。"然后，花福打开了屋门，上车，发动汽车，离开了屋子。

车子在路上平稳地走着，花半王发现花福的驾驶技术非常高明。花福绕了几个圈，确认没有人跟踪，才把车开到白河边上的一所小作坊里。

两个人下车，花福带花半王来到一间非常隐蔽的房子里，他找出一把剪刀，利索地把花半王的头发剪短，然后拿出一套旧衣服叫花半王换上。

花福告诉花半王，白天要待在房子里哪儿也不能去，屋里吃的喝的都有。

花半王点点头。花福说："下午六点的时候会下雨，天一黑大少爷可以趁着下雨出门，记住，天不黑透千万不要出门。出了门往右拐有一条小路，走一会儿会看到一座桥，晚上八点半有一艘船在桥洞等大少爷。"

花半王说："我知道了，谢谢福伯。"

花福说："上了船会有人告诉大少爷你接下来怎么做。大少爷，路上小心，要懂得自己照顾自己。"

花福走后，花半王一直坐在屋里的窗户边。傍晚六点左右，果然下起大雨来，花半王等到天黑透，拿着福伯留下的雨伞离开了这所小作坊。

这也许是花半王在南泽的最后一个夜晚了。

花半王一路上小心翼翼，生怕被人盯上。他沿着小路走了一会，看见了福伯所说的桥正是几年前他们五个人来过的白云大桥，顿生感慨，心里一阵绞痛。

他向大桥走去，路上几乎没什么人。在花半王离桥还有一小段距离的时候，他突然看到一辆非常熟悉的汽车迎面开了过来。这是安康的那辆汽车。夜很黑，又下雨。花半王这般打扮，又有雨伞挡着，没有被车里的人发现。

花半王小心地躲到桥边慢行，再走几步，就可以沿着桥梯走到桥洞乘船离开南泽。他没走几步，就觉得有什么不对，一回头。发现安康一身黑衣黑裤，胳膊上缠着一块白布，站在雨中冷冷地看着自己，旁边立着一排手下。

花半王一惊，说："安，安康。"

安康说："你这是要去哪儿？你知道不知道莫朝春死了？"

安康话一说完，花半王一下扔了雨伞，跪在地上，他说："我对不起莫朝春，也对不起大家。"

安康走到他面前，"啪"地给了花半王一巴掌，他的声音变得颤抖："我们亲如兄弟，你怎么狠得下心的啊，你！"

花半王拽住安康的腿，说："安康，你在这杀了我吧，我不逃了，我跟着莫朝春去了，死在你手上总比死在别人手上强！"

　　两个人都被雨淋得湿透，安康望着如烂泥一样的花半王，心里万般难过。

　　两个人沉默了一会儿，花半王说："安康，你动手啊！我真的不想活了。死在你手上，我不会悔恨的！"

　　安康抹了一把脸上的雨水，然后掏出枪，顶着花半王的脑门。

　　花半王，说："安康，来吧。莫朝春正看着呢，你开枪吧。"

　　一声枪响，安康把枪安放腰间，对手下说："听着，花半王已经死在我手里，从此以后，南泽再也没有花半王这个人了。"一行人很快消失在雨幕中。

　　雨越下越大，大桥上，花半王撕心裂肺地呼喊："安康，你为什么不杀我！""安康，你为什么要放我走！""安康，你为什么不杀我啊！"

　　安康已经听不见花半王的喊叫，他开车去火车站，送别再次离开南泽的方桃。

5

　　在你的一生中会有多少个这样的夜晚，会有多少次这样的绝望。你举目无亲，无可依靠，你害死兄弟，亡命天涯，你求死不能，痛不欲生，你要奔赴何地，你要逃到哪里，你要怎么样才能从万劫不复中被拯救出来，能走下去，能走回去，回到单纯的童年，回到潇洒的少年，回到充满阳光的某个夏日午后。你曾一路欢笑，心中无限憧憬，你曾一路高歌，要走向那美好的未来。

你都记得吗，你都忘了吧。你要站起来，你要走下去，这样你才知道前方是天堂还是地狱，才能对你所有的疑惑作出解答，才知道世上多变、反复，充满了阴谋与痛苦，命运是深渊，人生是囚牢，而你，是一只飞不起来的鸟。

你跌跌撞撞，你蹒跚前行，雨淋湿你的头发你的眼睛，也淋湿你的心。你想了很多，你又觉得心里全是空洞，你开始呼喊，你拔腿狂奔，前方一百米，晚上八点半，去上海，你要活下去，你要忘记南泽这个城市，你要有新的生活，你要重新再活一次！

黑夜好黑，路灯好亮。

6

花半王突然停了下来。他看见一个人，站在大桥的路灯下。

是谁？杨彩薇。

花半王慢慢走近她，杨彩薇慢慢转过身来。

雨实在是太大了，杨彩薇泪眼凄迷，没有认出花半王。她问眼前这个落魄如孤魂野鬼的人："你是谁?"

花半王说："彩薇，是我啊!"

是花半王，是害死莫朝春的花半王。杨彩薇愣在那里，她没想到在这个时候这样的夜晚会遇见花半王。

花半王低着头，说："我对不起你。"

杨彩薇像雷击一样醒过来，她扔了雨伞，冲上去厮打花半王。

花半王说："彩薇，别人都不相信我，但是你一定要相信我啊! 莫朝春的死确实不是我下的命令啊，确实不是啊!"

杨彩薇退后三步，说："不是你? 不是你下的命令又怎么样? 如果不是三年前在马坡塘救了你，如果不是你违背誓言找我，如果不是你把我关了起来，如果不是你故意激怒莫朝春，如果不是你派人在水云间袭击莫朝春，如果不是你，莫朝春他会死吗? 你说，如果不是你，他会死吗?"

杨彩薇的话如同利刃，直刺花半王如心，他闭上眼睛，一句话也不说。

杨彩薇忽然摸出一把刀，她说："莫朝春，你还记得你送给我的这把刀吗? 我曾用这把刀刺过花然，而现在，我要用你这把刀杀了花半王，我要用你的刀给你报仇!"

杨彩薇颤颤巍巍地举起刀，莫朝春的音容笑貌突然再次出现在她的脑海中，他仿佛说：

"这把刀你握在手中，要是我对你有图谋不轨的举动，就用它刺我，我绝对不会怪你。"莫朝春的无赖，莫朝春的潇洒，莫朝春的温柔，莫朝春的一切一切，杨彩薇突然意识到莫朝春真的已经死了，一切都回不来了。

　　花半王闭着眼睛，等着杨彩薇刺过来。他已经丝毫没有求生的欲望，只求杨彩薇能下手痛快，自己好去追莫朝春，两个人还是好兄弟，能结伴走在黄泉路上。

　　杨彩薇没有杀花半王。她想起最后一次跟莫朝春见面，就在这白云大桥上，她曾答应过莫朝春要微笑着生活下去，杨彩薇扔了手中的那把刀，不顾花半王，痴痴地走了。

214

　　杨彩薇没走几步，忽然听到身后传来利刃刺进身体的声音，然后花半王爬上桥栏杆，他飞了起来，最后跌进白河，溅起一大片水花。

　　杨彩薇没有回头，她伸出手擦了擦眼睛里的泪水，继续走着。

　　同一时间，八点三十七分，开往上海的列车准时启程，轰隆隆，轰隆隆，载着伤心欲绝的方桃，去往上海，呼啸而过，很快就消失在安康的视线中。

　　狂风大雨。电闪雷鸣。杨彩薇打了个冷战，她对自己说："今夜不会再有人放烟花了。"然后她抱紧双臂，嘴里又喃喃地说，"走吧，外面冷，我带你回家。"

　　安康望着车窗外的倾盆大雨，雨声掩盖了一切声响。有生以来，安康第一次陷入对过去的深深迷恋之中，往事重回，一幕一幕如同大雨敲打车顶。安康知道过去的一切结束告了一个段落，死去的人已经远离，活在人们的记忆里；活着的人，还有好长好长的路要走，要一直走下去。

这是一九三七年。这个时候南京大屠杀还没有开始，国共两党正在会谈合作抗日，第二次世界大战即将拉开帷幕。这一年国家内忧外患，社会动荡不已，人若野草，命若鸿毛，整个中国陷入水深火热的濒死危境。

这一年的某个夜晚我睡在法租界的一幢老房子里，什么都无法预见，我突然被枪声惊醒，翻身下床，之后端坐在书房静静看书，等待着方桃明天的归来。此刻在火车上睁着眼睛头疼欲裂的方桃，正迫切地希望火车快开，火车快开，快到上海，她把她的心永远地留在了她再也回不去的故乡。

故乡，从此变成了盛开桃花的远方。

解放之后，南泽建市。二十世纪八十年代初，因为经济发展的需要，南泽市与南面的集阳市合并之后正式更名南阳，从此以后世间再也没有南泽这个城市。一切都在悄无声息地改变：太阳落了又升，春天之后就是秋天，婴孩儿长成茁壮的少年，少年变成白发老人……那些故事，那些往事，将成为我们的秘密。无法用言语表达的秘密，这些秘密陪着我们沉沉地睡过去，一直睡下去，就像一个梦，永远不会再醒过来。

后 记

　　时至今日，我仍然没办法说我不爱《四城》这部小说。我用了"爱"这个我一直不敢用的词来形容我对小说的热情，并且没有一点要脸红心跳的意思。

　　这是我开始写小说的第二年，之前我是一个漫画作者，一个杂志编辑，一个随时在马路上消失的少年，我有过各种奇怪的身份，莫名的称谓。我总在变，是一个魔方；我总不变，像块顽石。我是一块顽石雕刻成的魔方。

　　现在，我在写小说，竭尽全力，穷尽所能。我用五彩绚丽的回忆写，用苍白凶险的夜晚写，用眉目之间的纠结写。我写突然下起暴雨的南方夏夜，我写无处可逃的凄婉清晨，我写白衣白袜的女孩儿，头上戴鲜花的情人，穿桃红碎花洋裙的女人，我写那些往事，那些别人的故事，那些尚未发生的事。二三事，万般事，任何事，在我眼前闪过，从我耳中穿过，在脑海里转瞬即逝，成就永远。

　　在这条未知的道路上，《四城》是我已经穿过的一座可见的城堡，他通体发光，照耀我继续前进的方向。我必须告诉你，从今往后，你都将再也看不见我写这样的小说,《四城》是我丢失底片的一张老照片,已经分手的一个美丽姑娘,独自死去的一个少年玩伴,他属于过去,属于回忆,他无法再被还原与复制。

写《四城》的契机是因为一个赌约。在网上跟人打赌,说比赛谁能在最短的时间里写一个长篇。那时候我没写过长篇,所以不怕,我就应承对方十天之约,看谁先写出来。

整个故事的构思过程非常简短,几乎是跟人打完赌一下线,马上就有了梗概。我要写一个虚妄狂放的故事,我要这个故事非常好看,我要这个故事里有一些叫人无法忘怀的角色,我要从一个夜晚的刺杀事件开始写起。

写作的过程也是非常顺利,顺利到现在去想仿佛是一场梦。那时候我病还没好,还在调理,哪儿也不能去,哪儿也不想去。我每天睡六个小时,其余时间都趴在电脑前,一直写,停不下来,仿佛一双手不是我的手,仿佛这故事就是我的故事。这样梦游一般写了十天,整整十天,十天我写了九万五千五百五十五个字,小说终于在一个逃亡的夏日雨夜结束。当我将成稿拿给我那个打赌的朋友看时,他目瞪口呆,直骂我是疯子。

《四城》是一个奇迹,之前我写的《落水森林》重写了三遍,现在我写的《0133》,光是一个开头我就写了不下三十遍,写了大半年,还在开头的第一个章节打转。我想我这一生中,可能唯有《四城》这部小说,浑然天成,鬼斧神工,是被意外赐予的礼物。

后来《四城》得已被出版社选中,那天午后落了一场雪,我穿得很单薄,走在风雪中脚步轻快。我在肯德基遇见一个女孩儿,我告诉她,虽然你不认识我,但是我将来要送你一本我的书,她有些惊慌失措地望着我。

我不知道这个女孩儿还记得不记得我同她说过的话,但是她的电话号码我一直留着,那个飞雪的午后,明晃晃的玻璃橱窗盖了一层白白的水蒸气。

突如其来的欣喜,一时之间,竟然只能跟陌生人去分享。

我那一刻,一定像极了后来的杨彩薇,一个人在一座城市,独自面对一个夜晚一小碗云吞,会漫无目的地在街上走,经常出没的地方是书店和邮局,不接电话不回短信,不去猜想曾失去的女孩儿现在是怎样的心情。

如同一场梦,每当重读《四城》,那些时光就如隐痛一样愈来愈清晰。小说里的某一幕,就是我生活的某一刻,小说里的某句话,就是我想说出的言语,小说里提及的地方,是我的城市,我的永无乡,我的世界尽头。

我要谢谢小说,因为薄雾过后,它就突然让你我相遇。

艾成歌　上海　2005　立秋

"饕餮80后"第二辑

超级唯美经典中国版《狼的诱惑》
网络点击率超过 *1000000*！

内容简介：

感情的世界，三个人是不是太挤？

左手是爱她的人，右手是她爱的人，这条路她究竟该牵着谁的手走下去？

那年，烟花特别绚烂。

《哪只眼睛看见我是你弟》
阿白白　著
南海出版公司
2005 年 10 月出版
定价:19.50 元

新派纯情搞笑力作
纯情女生凉凉之纯棉制品
"棉花糖之年"的"80后"实力之作

内容简介：

一个古灵精怪的女孩儿。淘气、任性、恶作剧不断，却善良、单纯、藏着暗恋的秘密……

一个帅得叫女孩子尖叫流口水的男孩儿，霸道、聪明，却在不经意间透出让人会心的体贴细心……

本来毫无瓜葛的两条平行线却在某天突然有了交集……

《面包树下的棉花糖》
凉凉　著
南海出版公司
2005 年 10 月出版
定价:19.50 元

一部风格诡异的经典城市童话

黑得丰盈　疯得绝望

《卖票的疯人院》
许明　著
南海出版公司
2005 年 10 月出版
定价:16.50 元

内容简介:

在老人人生最后的几个月里,他建立了一所特殊的疯人院,那是天堂的隔壁,里边展示着与疯子只有一线之差的天才。就在这样一个地方,一个飘忽、漫不经心的少女,一个无绪、精力旺盛的少年与老人不可避免的相遇,创造了一个迷离的世界。

狂放的故事　虚无的路
流连的年代　无结局的少年电影

《四城》
艾成歌　著
南海出版公司
2005 年 10 月出版
定价:19.50 元

内容简介:

这是一个虚妄狂放的故事。四个人的城市,五个华美少年,惊艳六载,一生牵拌。

这是从无到有的虚无之路。最风流的少年,最美好的女孩儿,最残酷的青春,最求不得的永远。

这是我们流连的时代。岁月之歌,渴望留住所有的美好。

这是早猜到结局的少年电影。友情在左,爱情在右,中间是飞驰而过的时光……

"饕餮80后"第一辑

余秋雨先生高度赞扬的"80后"实力战将
同龄人无与伦比的语言功力
历史与现实交错诞生纯洁疼痛的文字

内容简介:

　　白瞳生在西北白家淀一所闭塞、封建、脱离了时代的白家大宅,六岁时开始逃离白家大宅,先后邂逅了野孩子秦乐羽、歌声绝美的伊霓裳、英俊且喜欢打架的尹凌末,一系列的情感纠葛,恍如隔世的恋情……

《色》
袁帅　著
南海出版公司
2005 年 1 月出版
定价:16.00 元

拥有明媚,伤感,低沉,固执,内敛于一身
集合诡异,奇幻,神话,古典,传奇于一体

内容简介:

　　一本经典的奇幻故事集。人间、天界、阴界人物交织的情感,其中有亲情、友情,更有爱情。八个精美故事中的八个女子,她们生活在不同的时代背景下,有着一些相同或相似的性格,感伤的氛围,却令人无限怀念……

《天爱走失》
钱其强　著
南海出版公司
2005 年 1 月出版
定价:16.00 元

一部厚厚黏黏的青春哲学
开创新生代心灵文字的旗帜文学

《她不住在这儿了》
许明 著
南海出版公司
2005 年 1 月出版
定价:16.00 元

内容简介:

初中,何声和麦子在没有说过一句话的单纯中相爱了。一直到大学毕业,两个人也只通过两次信。大学毕业后,何声怀着几近恐惧的心理到上海找麦子,麦子却不在了。于是何声在充满了麦子气息的小屋中,尽情地幻想着现实中的麦子并等待着麦子……

纯情无极限
真正颠覆畸形言论及思想的"中国大学派"

《老老实实上大学》
谢恬 著
南海出版公司
2005 年 1 月出版
定价:14.00 元

内容简介:

"我"糊里糊涂地进入某重点大学,糊里糊涂地和英语同桌湘湘谈起了恋爱,糊里糊涂地开始纯情起来,糊里糊涂地搞了一次"婚外恋",糊里糊涂地和湘湘分了手,糊里糊涂地和湘湘重逢在异想不到的地点……